遠藤周作と井上洋治

日本に根づくキリスト教を求めた同志

山根道公
YAMANE, Michihiro

日本キリスト教団出版局

装幀　桂川　潤

＊目次＊

一　四等船室の出会いまで

「人生が最終的に聖なる場所に赴く旅ならば、人生は結局、巡礼だとも言える」
（遠藤周作『自選　作家の旅』）
「人生は重い役割を背負って　長い道のりを故郷へと帰る旅だ」
（井上洋治『アッバ讃美』）

1

一九九六年九月二十九日、どんよりと曇った薄暗い夕刻、悲痛な表情でタクシーに乗り込む井上洋治神父を見送った。その日は、日曜日で井上神父が日本の地にイエスの福音が根を下ろし開花することをめざして創めた「風《プネウマ》の家」のミサが終わった後、その「風の家」の機関誌「風《プネウマ》」を発送する作業を、風編集室を兼ねる私のマンションに移動して行っていた。手伝いに集まってもらった「風の家」の若い人たちと作業を終え、井上神父を囲んで食事をしていたときに、遠藤順子夫人より遠藤周作の危篤を知らせる電話が入り、井上神父が慶應大学病院へ駆けつけるのを見送ったのだった。そして遠藤周作の奇跡的な回復を願っていた私たちに、その場に参加できなかった青年から、今見ていたNHKの大河ドラマのなかで遠藤周作の訃報を知らせるテロップが流れたとの電話が入り、大きなショックを受けた私たちの集いはそのまま遠藤周作を悼む場となった。そこにいた十数名の若い人たちのなかには遠藤の本を通して井上神父を知った者も多く、もし、遠藤の本との出会いがなければ、今の自分の人生は違ったものであったことを、遠藤周作への感謝の想いを噛みしめながら語り合った。

十月一日、リジューの聖テレジアの記念日の夜、四谷の聖イグナチオ教会で通夜が行われ、翌二日、守護の天使の記念日に、隣で新しい聖堂の建設工事が行われている音の響く聖イグナチオ教会で葬儀ミサ・告別式が行われ、それらの司式は、生前の遠藤の願いを受けて井上洋治神父が執り行った。別れの献花のために並んだ参列者は四千人を越え、遠藤の柩を載せた車が動きだしたとき、「遠藤先生、ありがとうございました」と叫ぶ若者もいた。それは、遠藤周作の本との出会いによって人生を支えられ、励まされたすべての人たちの想いでもあったろう。私は献花の後、柩を載せた車を人込みから離れて土手に上がって見つめていた。出棺を知らせる教会の鐘が高らかに鳴り、こみ上げる想いに堪えかねて思わず鐘の音が響きわたる空を見上げたとき、そこに二羽の白い鳩が舞い上がるのを見た。そのとき、遠藤周作が人生の旅を終えて「最終的に聖なる場所」に赴いたことを確信にも似た想いで感じた。

その遠藤周作の聖なる場所に赴く七十三年の人生の旅は、自らその道を切り拓き、戦い、歩まなければならない苦しい旅でもあったといえるが、その旅の途中で出会い、「畏友」と敬い、「わが戦友」とまで呼んで、その旅を共に歩んだのが井上洋治神父であった。遠藤はエッセイ「めぐりあい──畏友『彼』」のなかでその出会いについて「人と人とのめぐりあいの奥に、我々をこえた神秘な意志が働いていることを考えざるをえない。昭和二十五年、暗い四等船室で彼と会ったことは、私の人生に大きな痕跡を残した」と述べ、「わが〝戦友〟へ」と題したエッセイでは「彼がいたために この私はどれほど力づけられ、どれほど励まされてきたことか」と語っている。

一方、井上神父も精神的自叙伝というべき『余白の旅──思索のあと』のなかで「このマルセイエーズ号の暗い中甲板での遠藤との出会いに、しみじみとした人生の不思議さを感じる」と述べ、遠藤の短篇「もし……」の次の一節を引用している。

一人の人間が他人の人生を横切る。もし横切らねばその人の人生の方向は別だったかもしれぬ。そのような形で我々は毎日生きている。そしてそれに気がつかぬ。人々が偶然とよぶこの「もし」の背後に何かがあるのではないか。「もし」をひそかに作っているものがあるのではないか。

このように遠藤も井上神父も「暗い四等船室の出会い」を振り返り、そこに偶然の背後にあって人間を超えて働く「神秘な意志」を強く感じ、もし、それぞれがそれぞれの人生を横切らなければ互いの人生の方向は別だったかもしれないと考えられるほどに、互いに決定的な影響を与え合っていると実感している。もちろんそれは二人の人生のみにとどまる問題ではない。後にそうした遠藤周作、井上神父に人生を支えられ、励まされたすべての人にもいえることであろう。それほどまでにこの二人の「暗い四等船室の出会い」は大きな意味をもつといえるのである。

2

それでは、遠藤周作と井上洋治がなにゆえに、まだ東京に焼け跡が残るＧＨＱ占領下の一九五〇年（昭和二十五年）六月四日、フランスに向かう豪華客船マルセイエーズ号の「暗い四等船室」で出会うことになりえたのか。その二人の出会いまでには、遠藤には二十七年、井上には二十三年のそれまでの人生があり、その歩みをたどることで、二人の人生の旅路が交わる偶然の背後にある「神秘的な意志」をそこに見出せるのではなかろうか。

まず、遠藤周作は、一九二三年（大正十二年）三月二十七日、父常久と母郁の次男として東京府北豊島郡西巣鴨町に生まれる。地方出身の父常久は、鳥取藩に仕えた医者の家系で一高、東大法科と進学し、学生時代に上野の東京音楽学校に通う郁と恋愛結婚し、卒業後、銀行に就職するエリート・サラリーマンであった。また、遠藤は二歳上の兄正介との

左より、周作（灘中学校１年12歳）、兄正介、母郁

二人兄弟で、兄は体も丈夫で成績も抜群によく、六年間全甲で総代級長を務める優等生であった。そうした兄に比べて遠藤は幼少時代から虚弱体質で小学校では痩せてひょろ長いもやしっ子で、運動は全く不得手で、雨の日にも庭の花壇に合羽を着て傘をさして如露で水をやっていたという逸話があるほどに愚直で、成績も作文以外はほとんど乙というほどに良くなかった。

一方、井上は遠藤より丸四年と一日遅く、一九二七年（昭和二年）三月二十八日、父重治と母アキの次男として、石油関連の会社に勤める父が単身赴任でインドネシアのボルネオに行っている間に、神奈川県津久井郡串川村の母の実家で生まれる。井上にも五歳上に兄がおり、兄英治は体も丈夫で成績も優秀で、東京高等学校、東大工学部と進学している。その兄に比べて井上は幼少時代には虚弱な体質で特に九歳くらいまでは胃腸が弱く、よく学校を休み、成績も兄ほど優秀ではなかった。

遠藤も井上も次男で、共通して体力も知力も優れた兄をもち、その兄に比べて体力、知力の劣ることを意識せざるをえなかった幼少時代の境遇が人格形成に影響を与えることは想像に難くない。井上自身、自分と遠藤との性格で一点大変似ているのは、「真面目のような不真面目のような、不真面目かと思うと真面目だというふうに他人からみられるという点」で、「二人とも、品行方正・学術優等、スポーツでも絵でもなんでもうまく親や先生には絶大な信頼がある、といった兄貴を持ったということが原因ではないか」と語っている（「遠藤氏の求めるもの――解説」）。そうした似た境遇のもと、もう一点、二人に共通する性格として弱いものへの共感がある。二人にはそうしたやさしさがよく表れている少年時代のエピソードがある。

遠藤は、三歳のとき、父の転勤で満州（現中国東北部）大連に移り、十歳までそこで過ごす。七、八歳の頃の逸話として、遠藤少年が友だちを十人夕食に連れてくるというので、母が用意して待っていると、夕方、捨犬、捨猫合計十四連れて帰ってきたという。この逸話を遠藤の母から聞いた数多い逸話のなかでも最も遠藤らしいものとして伝えている有島暁子は、遠藤の新婚当時の松原の新居を訪問したときも縁の下に捨犬や捨猫がいるのを見て、「周ちゃんは本当にやさしいんだな」と思ったと語っている（「少年周ちゃん」）。このような遠藤の幼い頃からの姿には見捨てられたもの、弱いものへのやさしさと共感がうかがえよう。

また、遠藤は大連の思い出を、「半分は明るく、半分は暗く陰鬱」（「クワッ、クワッ先生行状記」）と述べ、明るい思い出は小学校三年までで、三年の秋に父母の仲が悪くなってから

左より、姉悦、父重治、洋治（８歳）、弟坦、兄英治、母アキ

は、暗く陰鬱な記憶しかないという。そうした暗い生活のなかで、遠藤少年は飼犬のクロだけに辛い思いを打ち明け、そのクロが哀しみを共にしてくれる同伴者となる。しかし、小学校五年の夏に、父母の不和は決定的となり、愛犬のクロとも引き裂かれて母と一緒に帰国することになる。遠藤はそのクロとの別れの辛い体験を幾度も語っており、最晩年の最後の純文学長篇作品である『深い河』でも沼田という人物に託して、「クロの眼」を「大人になっても忘れていない」といい、その犬によって「別離の意味を初めて知った」と語っている。

一方、井上は父の仕事の関係で生後六か月から、大阪の天王寺に移り、そこで六歳半まで過ごし、小学校一年の二学期から父の転職で東京の市ヶ谷に移り、牛込北町の愛日尋常小学校に通う。井上が自らの人生と思索のあとを語る自叙伝ともいえる『余白の旅』のなかには、この小学校時代の思い出がたった一つだけ、どうしても忘れられない一つの哀しい記憶として語られる。それは小学校三年の頃、アカという大事に可愛がっていた子猫があるとき皮膚病にかかってしまう話である。井上少年は、皮膚の一部が赤はだかになっている傷口に一生懸命に薬をぬってやるがよくならないなかで、皮膚病が伝染でもしたら大変と心配したと思われる母が御用聞きとその猫を捨てる相談をしているのを立ち聞きして泣いて反対した。それにより、一度は母もおれるが、井上少年が学校から帰ってみると、もうアカはいなくなっていたという。そのときの想いをこう語っている。

子供心に、飢えて路地から路地へとさまよい歩いているアカを想像することは辛かった。このとき生まれて初めて、私は本当に「祈り」というものをしたような気がする。もちろん明確に何の神様というようなものがあったわけではない。ただ一生懸命に、家の近くの社の前で掌を合わせたことを覚えている。

今から考えてみると、これは私にとっての「別れ」、「運命の重み」、「哀しみ」といったような最初の人生の体験であり、また同時に、運命の底にひそむ死と闇への恐怖の感情の芽生えだったのではないかとも思うのである。

井上少年は病弱なものの辛さを知っているだけに、病を負った子猫を思いやり、その見捨てられた後の運命を想像し、その辛さを自分のものとするやさしさを強くもっていたのであろう。また、この子猫との別れを通して、「運命の重み」や「哀しみ」といった人生の体験をし、そこにのちに宗教家になる井上の「祈り」の原点があることは注目されよう。

遠藤周作は「生活と人生とが根本的に違う」、「生活のために交わった他人」は多いが、「人生のなかで本当にふれあった人間」はごくわずかである（『深い河』）と書いているが、人生のなかで「本当に縁のあった」ごくわずかなもののなかに、母や兄と並んで飼っていた犬をあげる（「五十歳の男」）。このように遠藤は、人生という言葉を生活という言葉との対比で独自の意味を込めて使うが、時間が平面的、直線的に流れる日常が生活の次元であるなら、自らの生の内部に積み重ねられた時間の地層と垂直に関わるのが人生の次元であるといえる。すなわち、生活の次元で出会ったものは時間の流れのなかで忘れ去られていくが、人生の次元で縁のあったものとの関係は自らの生の内部に深く刻まれ、その痕跡は失われることなく、永遠に残っていくのである。遠藤も井上も、少年時代に「別離の意味」を初めて知るという人生の次元の哀しみの体験を、犬や猫といった弱いものへの愛情と共感を通して得たことが、人生のなかには自力ではどうにもならないことがあることを知った最初であり、そこに井上神父の場合に明らかなように、自らの力を超えたものへの切実な「祈り」の心が初めて生じたといえる。また、遠藤の場合、哀しみの同伴者として自分を見つめた犬の眼が心の深奥に刻まれ、イエスのまなざしの原点になっていく。

ところで、遠藤はこうした幼少時代を過ごした大連での生活を「一種の異郷体験」としてとらえ、「自分の帰って行くであろう場所はここではなく別のところにあるんだという気持ち」があって、「心のなかに、ここが自分が碇をおろすところではないという、もうひとつの世界が形成された」と述べ、「幼年時代の異郷体験というものが、私の小説家への最初の小さな糧になっている」と語っている（『人生の同伴者』）。

ここで遠藤は自分の生活の場を自分が根を下ろす故郷と思うことはできず、別の世界に本当の故郷といえる場所を求め、それに憧れており、そのような感覚は、遠藤の文学の根底に流れる重要なモチーフの一つとなっていく。

さらにいえば、遠藤は、エッセイ「昭和のおもかげ」のなかでも、「人間は『根』があって生きるものだ」「私は自分が生の根元をそこに見出すような故郷とか土地を心のどこにも持っていない」と告白するように、自らを根無し草のような存在として意識しているのである。そうした根無し草の負い目を抱えていたがゆえに、遠藤は「故郷」を羨望しつづける。遠藤が後年、何度も取材に訪れた長崎を「心の故郷」と呼び、さらに母方の遠い祖先が山城をもつ土豪として生きた土地、岡山県の吉備高原の現在の井原市美星町を「血の故郷」と呼ぶのもそのためであったにちがいない。

私事になるが、私がまだ東京に住んでいた二十年近く前、郷里の岡山に帰省した折に、たまたま父が美星町の温泉に連れていってくれたことがあった。そのとき、美星町にある「中世夢が原」という歴史公園に寄り、大きな石に「血の故郷」と題され、「その昔この山野で／私の祖先が戦った／その祖先の血が／町の人と私とを／結びつけている／星ぼしの美しい／この土地よ／私の血の故郷よ」と刻まれた遠藤周作の文学碑を見つけたときは、驚きと共に遠藤がこんなに岡山の地へ思いをもつ作家なのだと知って大きな喜びを感じた。

また、遠藤は、少年の頃から京都の嵯峨野を愛し、「もし出来得ることならば嵯峨野に住みたいと子供心にいつも思っていた」（「月窓亭の変人」）ということからも、遠藤は心から故郷といえる場所をもつことに憧れていたことが理解できる。ちなみに、最晩年にはやっとその夢が叶って嵯峨野に風流な庵を移築した別荘を建てるが、闘病生活に入ったためにほとんど行くことができなかった。さらにまた、千曲川にまたがる塩名田という古い町の川に面して鮎をたべさせる家を訪ねたときには、遠藤がこんな所が故郷であればと憧れを語ることもあったと、遠藤順子夫人からうかがったことがある。私はそれを教えられたとき、小説『さらば、夏の光よ』のなかの次の場面が思い起こされた。それは、この塩名田という古い町が故郷の青年の婚約者が、浅間山から煙が流れ、薄の穂が輝き、遠く八ヶ岳の峰々が地平線に延びていく盆地にある彼の故郷を初めて訪れたとき、「故郷……そういう言葉が本当に実感をともなって唇から出てくる感じでした」「住みたいな、こんなところに」と思いをもらす印象的な場面である。これは、遠藤の憧れがそのまま言葉になったものであろう。

もちろん、こうした憧れの「故郷」は遠藤が自らの確かな故郷をもたないことを、より自覚させ、故郷への想いを募らせるものではあっても、真に帰るべき故郷にはならないなかで、遠藤は、人生が「最終的に聖なる場所」、「天の故郷」（「ヘブライ人への手紙」一一章一六節）へ赴く旅であるととらえるようになっていくのである。

3

次に遠藤の大連からの帰国後から渡仏までの歩みをたどるが、一九三三年（昭和八年）の八月、遠藤は母に連れられて兄と共に日本へ帰る。三人は、神戸にすむ伯母の家にひと夏の間、同居し、その後、夙川、仁川と移り住む。遠藤は、戻った日本の生活の場を本当の居場所である故郷と感じることはできず、かえって「たいへんな距離感、断絶感」（『人生の同伴者』）を感じている。遠藤は、熱心なカトリック信者であった伯母の勧めで、母と共に夙川カトリック教会に通うようになる。遠藤が灘中に入学した一九三五年（昭和十年）には、母郁は小林《おばやし》聖心女子学院の音楽教師となり、同年五月二九日には母郁は小林聖心の聖堂で受洗する。洗礼名はマリア。そして遠藤は、約一か月後の六月二十三日に兄と共に夙川カトリック教会で受洗する。洗礼名はポール（パウロ）である。この十二歳の遠藤にとっての受洗は、遠藤が後に羨ましいと述べるような、自分で思想的遍歴の末に自分の意志でキリスト教を選んで受ける洗礼とは異なり、自分の人生にどういう深い意味をもつのかまったく理解していないという意味で、無自覚な、ただ母を喜ばせるために母の意に従う形での受洗であった。しかし、エッセイ「夙川の教会」では次のような思い出も語っている。

中学の時、私は一時の感傷と情熱から神父になろうと考えたことがある。あの心理は今、思いだしても苦しい。だが私はその頃、冬の毎朝、六時前におきて、この教会に通いつづけたのだ。仏蘭西人の司祭が手をこすりながら唱えているミサには三、四人の老人が出席しているだけだった。蠟燭の灯がゆらぎ、私は眠さに耐えながら跪いていたのを憶えている。

この神父になろうと考えたのは、受洗した年の冬に「黙想会」と呼ばれる合宿で武宮隼人神父の話に感動したのがきっかけであったことを、遠藤と夙川教会に通っていた幼な友だちから伺った。短篇「六日間の旅行」でも「その頃私にも今とちがった素直な信仰があり、将来、司祭になろうかなどと本気で考えたものである。勿論、それは少年時代の一時的な興奮か感傷かにすぎなかったが、少なくとも当時、母はこの世界で一番高いものは何にもまして聖なる世界であると吹きこもうとしていた」と語られている。

ここで、中学生という年頃にあって、生涯独身で神に自己を捧げて生きる神父になるこ

1937年、夙川カトリック教会にて。後列より2段目左端が周作

とに価値を見出し、少年ながら懸命になっている姿には、「今、思いだしても苦しい」と思える一途な情熱があったのだろう。遠藤が母から信仰を与えられ、聖なる世界を高く求める生き方を示され、神に生涯を捧げて生きる聖職を志そうと考えたという事実は、カトリック作家遠藤周作を理解するうえで看過できない意味をもとう。一度でも神に自己を捧げる生き方を考えたことは、たとえそれが一時的な情熱に終わったとしても、そうした聖なる世界を求める価値観が心のなかに刻まれ、その後の人生の歩みのなかに少なからぬ影響を与えるのではなかろうか。そのことがはっきりとわかるのは、遠藤が聖職を志す井上の生き方を意識する留学時代である。

さて、遠藤が中学生の一時期にそうした聖職に想いを向けたことがあったのは確かであるが、教会生活そのものについては、「教会などで行われているすべてが、自分にとって異文化体験というか違和感でしかなく、その違和感を覚えることさえいけないことだと、当時おもっていました」（『人生の同伴者』）と語っている。さらに、遠藤が、その後、四十年の歳月が流れてこの教会を訪ねたときの想いを語ったエッセイ「日くれて、路遠し」のなかでは、「あの頃、子供ながら祈っているふりをしている自分の偽善が辛かった。自分に嫌悪を感じた。そしてこんな自分を信じさせるようにしてくださいと心のなかで呟いた。その恥ずかしい思い出が私の心にはっきりと蘇ってくる」と告白している。

ここで注目すべきことは、信仰に実感がもてないで苦しむなかにあって、信仰から離れるのでなく、また祈りをやめるのでなく、「こんな自分を信じさせるようにしてください」と祈っている健気な姿である。こうした信仰の実感を求める祈りは、その後の遠藤の文学的生涯を貫くものであるといえる。

遠藤の兄正介は灘中開校以来の秀才といわれ、四年生で一高に合格し、ボート部で活躍しつつ二年生で東大法学部に合格する。それに対して、遠藤は、四年生で三高を受験するが失敗し、五年生でも失敗する。そして、浪人生活三年後、慶應義塾大学文学部予科に入学したと遠藤の自筆年譜には書かれている。確かに、一浪、二浪と旧制高校の受験には失敗しているが、しかし、実際は一浪のときに母と遠藤の精神的指導司祭であったヘルツォグ神父が教授として赴任した上智大学の予科を受験して合格し、入学している。そして、その上智大学予科一年生のときに、評論「形而上的神、宗教的神」を校友会誌『上智』に発表する。その遠藤の秘められた文学的出発といえる評論の宗教哲学的内容について端的にいえば、人生のはかなさ、苦痛、矛盾から調和を求めて神を欲求する我々人間の内的精神は、情意的経験によって神の実在感を得ることで喜びと悦しさを烈しく感ずるのであって、我々は形而上的神すなわち思惟的理論的対象としての神では満足せず、宗教的神すなわち実在する神をもつことで満たされるのである、という内容である。論を展開するのに多くの哲学者、神学者の名を出しているが、なかでも共感をもって取り上げているのは、思惟により得られる神に反して人間内面の神秘性から情意によって得られる神を説くパスカルである。この論の背後には、教会で神についていくら理論的に教義や神学を教えられてもそれは頭だけでの信仰で心からの喜びを感じられないという自らの信仰の現実問題のなかで、身をもって神を実感し心から満たされたいという十八歳のカトリック青年遠藤の切実な願いが感じとれる。

しかし、遠藤が上智予科時代に懸命にそれを願っても叶えることができなかったことが一つの要因になったと察せられるが、遠藤はその上智大学予科を一年生の二月には退学し、その後、母の元を離れて東京で母よりも十八歳も若い女性と再婚している父の家に移る。このことが遠藤に自分が母を裏切っているという想いを強くいだかせることになる。そして、翌年の春に慶應義塾大学文学部予科に入学するが、父の命じた医学部を受験しなかったため、父に勘当され、家を飛び出した遠藤は、上智予科時代からの友人の利光松男宅に転がりこんで四、五日泊めてもらった後、カトリック哲学者の吉満義彦が舎監をする信濃町のカトリック学生寮白鳩寮に入る。吉満は、哲学以外にも文学や芸術にも造詣が深く、その著書『詩と愛と実存』などで知られ、「文學界」の座談会にも加わるなど文学者との交流も深い哲学者であった。

その吉満から遠藤は思想的にも人格的にも感化を受ける。そして、雨の降るある日、緑のきれいな庭をずっと見ていると、吉満から声をかけられ、「君は哲学なんかより文学がむいている。私の知っている文学者で会いたい人がいたら紹介状を書いてあげよう」といわれ、堀辰雄に紹介状を書いてもらう。これからの進路を模索中であった青年の遠藤にとって、その言葉の重みは絶大であったにちがいなく、遠藤はそれに従い、哲学から文学へと勉強の中心を移し、吉満からジャック・マリタンを中心とする現代のカトリック哲学や思想などを学びながらも、それらを基にした文芸評論に力を傾けてゆくことになる。ちなみに、慶應の仏文科に進んだ後に、ジャック・マリタンとライサ・マリタンの詩論に基づく卒業論文「ネオ・トミスムにおける詩論」を書き上げている。

そして、一九四四年（昭和十九年）には吉満の紹介で遠藤が堀を杉並の自宅に訪ねた直後、堀は喀血し、信濃追分に移るが、その病床の堀を月に一度ほど訪ねるのが、遠藤にとって暗い戦時下での精神の拠り所となる。遠藤が堀を初めて訪ねたときの思い出は幾度も語られるが、最晩年の『深い河』執筆中のエッセイ「二つの問題——堀辰雄のエッセイについて」でも、「その時、堀さんが言われた言葉のひとつ、ふたつが記憶に残っている」と述べ、「君たちはカトリックですか。西洋人の作家が色々な思想をさまよったあと、カトリックにすうっと戻る人がいるでしょう。ああいう風にすっと還るところが日本人にあるとすれば何でしょう」と問われ、「この問題はその後、私にとって大きな文学的宿題となった」と語っている。実際に、遠藤は、この文学的宿題を背負い、フランスの現代カトリック文学の勉強に邁進する。その契機は、古本屋で偶然見つけた『フランス文学素描』に、カトリック作家の問題やモーリヤックのことが書かれており、その著者の佐藤朔が慶應義塾大学仏文科の講師であったことから、一九四五年に慶應義塾大学仏文科に進学し、その年は病気療養中であった佐藤朔の自宅に通って個人指導を受けたことであった。遠藤は、佐藤が次から次へと貸してくれる原書に熱中し、モーリヤックやベルナノス等のフランスの現代カトリック文学の勉強を深めていく。ちなみに遠藤に佐藤を紹介したのは堀であったが、遠藤に堀を紹介した吉満はこの年に帰天し、堀も翌年から病床につき、一九五三年に亡くなり、その後、佐藤朔が遠藤の生涯の恩師となる。遠藤はそうした二十世紀のフランスのカトリック文学の勉強に熱中した頃にいだいた想いをエッセイ「異邦人の苦悩」のなかで次のように語っている。

私はそうした作品を読んで自分との縁遠さを絶えず感ぜざるを得なかった。あるいはこうした作家の改宗記録を読むたびに、彼らがキリスト教という自分の故郷に戻っていくような感じがしてならなかった。
しかし私の日本人としての体内には、キリスト教は故郷に戻るという感じではなかったし、また私が勉強したそれらの作家には、異邦人の悩みというものが、一つも描かれていなかった。

こうした作家の信仰の問題においても「故郷」ということが意識されていることは看過できまい。ここでは、本来の帰るべき場所である「故郷」が目に見えるどこかの場所といった空間的次元ではなく、目に見えない魂の次元において問題にされている。すなわち、西洋人の生の根元がキリスト教に深く根を下ろしているがゆえに、西洋の作家は自分の魂の帰るべき故郷としてキリスト教に戻ることができるのであるが、日本人の遠藤は西洋から伝えられたキリスト教に故郷どころか、距離感を感じるという、異邦人の苦悩が吐露されている。

しかし、遠藤はエッセイ「昭和のおかげで」のなかで、「生の根元をそこに見出すような故郷」をもたない人間として次のようにも語っている点は重要な意味をもとう。

　こういう人間だから、私はたとえそれが自分の意志でなかったにせよ、洗礼を受けなかったならば、自信ある自分の根をそこに見つけることに生涯、汲々としたにちがいない。

すなわち、空間的には自分の根を見出すべき場所をどこにももたない自分は、目に見えない魂の次元で自信のある自分の根を見つける場所としてキリスト教の信仰に向かっていたことで、その場所をどこかに見つけることに汲々とすることはなかったというのである。もちろん、これは、六十五歳の遠藤がそれまでの人生を振り返っての心境であり、実際にキリスト教に日本人である自分の根を見出す開拓がどれほど時間のかかる仕事であったかは遠藤の文学的生涯を見渡すとわかる。ただここで重要な点は、母からカトリックの信仰を与えられていた遠藤は、たとえキリスト教に距離感をこの青年期に感じていたとしても、自らの根を見出す場所はここにしかないという切実な思いをもっていたという事実である。遠藤はそうしたキリスト教に自分の根を見つけるという課題が自らの文学的テーマとなることを、堀辰雄から突きつけられた文学的宿題によって意識して以来、その課題を自分だけの文学テーマとしてその後の生涯をかけて取り組んでいくことになる。

そして、そうした独自の文学テーマを背負った遠藤は、学生の頃からエッセイ「神々と神と」を「四季」に、また佐藤朔の推挙で評論「カトリック作家の問題」を「三田文學」に発表するなど、評論活動を始める。大学卒業後は、佐藤朔に出版社の鎌倉文庫に推薦されて嘱託となり、また、ヘルツォグ神父が始めた雑誌「カトリック・ダイジェスト」の編集の手伝いもしながら、父の家にいて「三田文學」を中心に文芸評論で活躍する。そして、遠藤が大学を卒業して二年後、遠藤はこうしたカトリック文学の評論活動が評価されて、戦後最初のカトリック留学生の一人に選ばれ、一九五〇年（昭和二十五年）にフランスの現代カトリック文学を研究する留学生としてフランスへ向かう船に乗り込むのである。

4

一方、井上の中学から渡仏までの歩みをたどると、井上は、府立四中（現都立戸山高校）に進むが、質実剛健をモットーにした学校の雰囲気があわず、重苦しい中学生活を過ごし、そこから逃れるために猛勉強をして四年修了で東京高等学校に進み、二年からは勤労動員で工場に駆り出される。『余白の旅』によれば、井上はこの中学の終わり頃から、「ときどきふっと何か言いようのないような空しさと死への不安が私の心の奥底を横切るようになる。そして、そのときの苦しみについて「ただ私は、足もとがさらわれていくような空しさに責めさいなまれていた。人間は結局はみな死刑囚だ、遅い早いの多少の違いはあったとしても、死刑執行の日までの僅かな人間の人生なんて結局何の意味があるのか、この問いがたえず私を苦しめた」と述べている。また、東京の市ヶ谷にあった家が空襲で焼かれるような状況のなかでも、「当時の私は具体的な死の危険にさらされたときには一向に死が恐ろしくなかった」が、「それでいて不思議なことに、ふだんはいつも何か虚無の深淵からじっとこちらを見つめているような死のまなざしの前に、不安と怖れとを感じさせられていた」という。

井上の家庭には宗教色はなく、親は教育には熱心であったという。そうした環境で育った井上が、中学四年で猛勉強して受験に受かった頃から、生の空しさや死への不安が急に心の奥底を横切るようになったという心境は、遠藤も問題にしていた、自らの生の根元を見出せる場をもっていない現代人の問題とも重なるのではなかろうか。このような生の空しさを感じる問題について、心理学者の河合隼雄が次のように指摘している（『河合隼雄の世界』）ことと通じるものがあろう。「忙しい、忙しい」というような表層の悩みが取れると、深い層の問題がむき出しになる。意識の表層的なものを非常に強化することをやりすぎ、深いところから切れていくと、ふっと急に何も面白くなくなったり、急に元気がなくなったりということが起こる。それは根っこが切れているからで、それが現代に起きているいろんな多くの問題だと。例えば、遠藤の『深い河』で現代の若い世代の代表ともいえる美津子も、不意に底冷えのような空虚感が突きあげてくるといった生の空しさを抱えて、心の深奥で確実で根のある人生を渇望しているが、これも井上の抱えた問題と重なろう。井上神父は後年、この頃の苦しみを振り返って、「私の人生で一番苦しくてつらかった、もう二度と繰り返したくないというところと同じところを、今生きている人がたくさんいる」（「福音宣教」二〇〇四年三月）と語っているように、現在の日本人のなかにかつての自分と同じ苦しみを味わっている人が多くいるという認識があるがゆえに、そうした日本人に自分がその苦しみから救われた道を伝えたいという強い意志があるといえよう。

中央が井上（東京高等学校 2 年）、友人と

そして井上は、高校を二年で修了して東京工業大学に進学後、津久井の母の実家に帰省中に終戦を迎える。その実家の本棚に『時間と自由』と題されたフランスの哲学者、アンリ・ベルグソンの著書を見つけ、その「自由」という言葉に惹かれて手に取り、それが生の空しさと死の不安のなかにもがいていた井上にとって貴重な出会いとなったことを次のように語っている。

結局は素粒子の集合体でしかない人間が、荒涼たる灰色の素粒子の砂漠の中でうごめいている。しかもそれは冷たい因果律によって支配されている世界であって、人生には自由もなければ意味もない。一人の人間の生死など、その灰色の砂漠の中にわずかにうごめく素粒子の移動にすぎないのではないか。――この暗澹たる世界に閉じこめられてなすすべを知らなかった私にとって、ベルグソンの思想は、まさに砂漠の中で出会ったオアシスにも似て、喜びと生命への意欲を私にあたえてくれたのである。

（『余白の旅』）

井上は、ベルグソンの思想に接して、「人間は因果関係の鎖にしばられた自由のない機械などというものではなく、常に自由による選択を生きている」ことを納得させられ、本当の意味で「ものを知る」とは全体的な直観と体験によることを教えられる。そして、哲学を専攻しようと決心して東京工業大学を中退し、一九四七年（昭和二十二年）東京大学文学部西洋哲学科に入学する。その年には井上の七歳上の姉の悦がカトリックのサンモール修道会に入会している。先にも述べたように井上の家庭には宗教色はなかったというが、ただし、大阪に家族が住んでいたときには、井上の父は子供たちをプロテスタント教会の日曜学校に通わせている。その影響でキリスト教に馴染んでいた長女の悦は、東京に移った後、ミッション・スクールの雙葉高等女学校に入り、修道女になりたいという願いをもつようになる。しかし、父の頑強な反対によって長くはたせないで待っていたのが、父も根負けして入会の許可を与えたのであった。その姉の別れ際の願いもあって井上は東京大学の「カトリック研究会」に入り、また、上智大学のデュモリン神父の「キリスト教入門講座」にも出席するが、初めのうちは福音書に頻出する奇蹟物語についていけず、またカトリック神学の正統とされていたトマス哲学にも抵抗感をもち、膚になじめずにいた。

井上が大学二年生のとき、家族は津久井の母の実家を出て、東京の世田谷の九品仏という寺の近くに移り住む。自然の中を散策するのが好きな井上は、特に晩秋の夕暮など、裸木の梢が夕焼け空にシルエットを浮かびあがらせているのを見るのが好きで、当時の井上にとって黄昏の美が一つの慰めであった。そうした自らの黄昏の美意識の原風景として、子供の頃に母と手をつなぎ夕焼けを見て空に惹かれた想いを次のように述べている。

確かに夕焼け空には、ある哀しさがあり美しさがある。そこには廃墟の美に通ずるものがあるのかもしれない。子供心に、この「黄昏の美」とも呼びうる夕焼けの空の美しさに心惹かれながらも、いやだからこそ、また私は暖かな「母の掌」を欲し、母が常に夕焼け空を眺めている私の後ろに手をつないでひっそりと立っていてくれることを望んだのかもしれない。そして大きくなってから、両親の暖かなふところを去って一人で歩まねばならなくなった私の人生は、夕焼け空の彼方にあるものに限りなく憧れつつ、同時にその自分をまたそっと後ろからささえ、見守っていてくれるまなざしを常に求め続けてきた人生であったような気がするのである。

（『余白の旅』）

そして井上は、「廃墟の美に惹かれ、演歌やさすらいものの好きな私は、ふと私の心の奥底には古代日本人の美意識が未だに脈打っているのだろうかと不思議に思うことがある」と、自らの内に「黄昏の美」への憧憬という日本的心性を認めながらも、「美意識は当時の私にとっては、確かに一つの慰めではあった。しかし美意識は結局のところ私を救ってはくれなかった」と告白している。ただし、この言葉は井上がフランスから帰って梅原猛の『美と宗教の発見』や折口信夫の『上代の日本人』などを読んで、そうした自らの心の深奥にある日本的心性を意識するようになってからのものであり、渡仏前には遠藤のようにそれに意識的であったわけではない。

ところで、この「黄昏の美意識」については、私は以前、拙論「遠藤周作——夕暮の眼差し」のなかで遠藤の根底にも日本人の伝統的な美意識である滅びの美への共感はあるが、例えば、三島由紀夫にとっての「黄昏の美」は滅びの美、究極の美の完成を求める芸術の象徴であり、その美への憧憬（エロス）と結びつくのに対して、遠藤にとっての「黄昏の光」は滅びの美に共感しながらもそれを超えて永遠の命と結びつく、人生をやさしく包む神の愛（アガペー）の象徴となっていくことを論じた。井上にとっても、黄昏の美への憧れ（エロス）は慰めにはなってもそれだけでは救いにはならず、井上は心の深奥で「母の掌」に象徴される人生を根底で支えてくれる愛（アガペー）の存在を求めていたということであろう。そうした心の渇望を無意識にもっていた井上は、『小さき花』というリジューのテレジアの自叙伝に出会ったことによって、その渇望に応える世界を示され、決定的な影響を受ける。

井上がテレジアの本と出会ったきっかけは、教えを受けていたデュモリン神父がテレジアを愛し、テレジアを日本に伝える熱心な紹介者であったことから、テレジアの話を聞く機会があったこと、また、修道女になった姉が家に置いていった本のなかにその自叙伝があって、それを手にしたことによる。

テレジアは、十五歳でリジューというフランスの田舎の町にあるカルメル会修道会に入り、二十四歳の若さで肺結核で亡くなった修道女である。病床で書かれた自叙伝は、二十世紀前半には世界各国語に翻訳され、数百万部という売れ行きをしめすほど、広く読まれた本であった。井上はテレジアに共感した理由について、テレジアが「アッシジのフランシスコや十字架のヨハネとならんで西欧の宗教家としては珍しく自然を愛する詩人の魂の持ち主であったということ」に加えて、「それ以上に、長いキリスト教の歴史のなかで、彼女ほど人間の弱さ、みにくさ、小ささを前提とし、それだからこそそういう人々を自分のふところへ迎え入れるのだという神の悲愛《アガペー》を一筋にうたいあげた聖者はいなかった」(『余白の旅』)という点をあげている。

そして、女子学生と話をしたりお茶を飲んだりする楽しいときでさえ、「ふと足もとをさらわれていくような空しさをどうしようもなかった」井上は、「どこまでもテレジアを追いかけることによって、テレジアの摑みえたものを自分のものにしてみようと決心し」、大学一年の終わりの復活祭の前日、ちょうど二十一歳の誕生日を迎える前日の三月二十七日にデュモリン神父から洗礼を受ける。洗礼名は、テレジアにも深い影響を与えているカルメル会の改革者で神秘家の「十字架のヨハネ」である。このテレジアを全存在をかけて追い求め、自分のものにしようとする姿には、頭で考えるよりも、身をもって実感する信仰を求める姿勢が明らかであろう。そして井上は、その受洗を体験した直後の想いを次のように述べている。

ただ受洗した直後から、パッと土管の向こうに今まで見たこともないような青空が開けていたというのにも似た、自由と歓びを味わうことができたことは確かである。それはどこまでも続く白い一筋の道を見出したのにも似た喜びでもあった。生まれて初めて、しっかりと自分の道をふみしめえた充実感であった。その道は何処までも白く一筋に遥か遠方の山頂に向かって消えていた。とにかく力の限り、いけるところまでこの白い道の上を歩いていこう、それがそのときの私の心情であったと思う。

（『余白の旅』）

ここには、遠藤が羨ましく思っていたような、自分で思想的遍歴の末に自分の意志でキリスト教を選んで受洗した井上の、自分の歩むべき道を見出した喜び、自分が根を下ろすべき場所を見つけた安堵感があるといえよう。そして、その「白い一筋の道」を歩むために、テレジアの属していたカルメル会の男子修道会に入会する決心をし、直ぐに入会を希望するが、当時は日本にその会の男子修道院はなかったため、フランスのカルメル会から大学を卒業してから来るようにとの要望を受けとる。そして、森有正のパスカルの講義を受けていた井上は、卒論のテーマに同じパスカルを選んでいた級友の中村雄二郎の助力も受け、「パスカルにおける認識と秩序」と題した卒論を書き上げ、一九五〇年三月に大学を卒業し、六月に渡仏することになるのである。

5

このように二人の人生は、それぞれ渡仏の道へと向かった。その際、遠藤は渡仏直前に「三田文學」に「誕生日の夜の回想」というエッセイを発表する。そこで遠藤は評論家として「日本的写実文学日本的感性」に屈伏しないでそれを革新する方法を探究する決意を熱く語りながら、次のような心情を告白している。

僕等以前の作家、漱石にしろ荷風にしろ潤一郎にしろ、くだっては堀辰雄にいたるまで、彼等はその青年の季節には西欧文学の影響の下に作品をかきながらある年齢期以後は必ず日本的感性の世界に帰郷するという常識的な事実は、いつも僕を考えこますのであった。いつか僕にはそこに日本的汎神性《パンティスム》の、汎神性と言って大きければ日本的感性の底しれぬ魔力と言ったものを感じ、それに脅えはじめていた。

ここで、この日本の作家における西欧文学の影響と日本的感性の問題に焦点を当てて考えるならば、遠藤が出会った頃の堀辰雄は、西欧文学の世界に深く身を浸していった段階をすでに終え、「大和路・信濃路」に顕著なように日本的感性の世界への帰郷という段階であったことは確かであるが、その点に当時の遠藤は、「堀辰雄論」等で性急ともいえる批評を加えている。それは西欧文学と日本的感性の問題にあって、これから西欧世界へ深く入っていこうとする段階の若い遠藤ゆえの厳しい批評であったといえよう。そして、ここで「日本的感性の底しれぬ魔力」に「脅えはじめていた」とあるように、遠藤にとって「日本的感性」はこの時点においては負の力であって、その吸引力を怖れ、そこから離れることを強く求めている。先にも見たように、西欧の作家は西洋文化に深く根づいたキリスト教に帰郷し、日本の先輩作家は日本的感性の世界に帰郷するのに対して、遠藤は日本にあって、西欧作家のようにキリスト教に故郷を感じることはできず、それでいて日本的感性の世界に帰ることもキリスト者としてできないと拒否している。そうであったがゆえに遠藤は、この日本的感性の世界から遠く離れ、西欧の世界に全身で飛び込む決意で渡仏に臨んだといえるのだろう。そして、キリスト教の深く根づいている西欧の世界に身を投じることで自分も生の根元をキリスト教に見出し、そこに魂の故郷を見つけたいとの願望があったと考えられよう。

その点、井上はまだ、この時点では素朴にテレジアの摑んだものを自らも摑めるならフランスに骨を埋めることになってもよいとの一心で、テレジアの生きたフランスの修道会に全身全霊をあげて飛び込む決意をもって渡仏に臨んだのであった。遠藤のような意識はなかったにしろ、井上は結果的には遠藤と同様に、こうして日本的感性の世界から遠く離れ、西欧の精神文化の中核ともいうべき世界に全身を浸すことになる。

このように渡仏前の二人には、大きな期待と共に悲壮なまでの覚悟があったにちがいない。この二人の日本を旅立とうとする姿を想うと、井上神父が一九九一年に「風の家」五周年の記念すべき講演会のなかで自己紹介に代えて、「私はこんな歌が好きな者です」といって「浜千鳥」の二番をうたったときのことが思い起こされる。それは〈夜鳴く鳥の悲しさは、親をたずねて海こえて、月夜の国へ消えてゆく、銀の翼の浜千鳥〉という歌詞で、井上神父のせつせつたる想いが心に染みてくる歌であった。夜、暗闇のなかで泣く鳥の悲しさ、自分を見守ってくれる親のいない悲しさ――中学の終わり頃から、足元をさらわれてゆくような空しさと死への不安に苦しんだ井上にとって、「親をたずねて海こえて」とは、自分の生の根元というべき魂の故郷を探し、魂の親をたずねるという人生の旅そのものを意味しているといえるだろう。

さらにいえば、この旅立つ浜千鳥の姿は、魂の親をたずねて海こえて、日本を遙か離れて自らの生の根元を見出すという願いをもって、キリスト教の深く根づいているフランスに向かう豪華客船の暗い四等船室に乗り込んでゆく二人の姿と重なるのである。

二　四等船室での出会い、そして葡萄畑の再会

1

一九五〇年六月四日夕刻、遠藤周作と井上洋治の乗り込んだ純白の豪華客船マルセイエーズ号は、霧雨の降る横浜港を多くの人に見送られながら出航した。

その船の甲板の上から花束をふる遠藤の心に強い印象を残したのは、多くの見送りの知人や友人のなかで埠頭の一番端にまで来て自分を最後まで見送ってくれる三田文學の先輩の原民喜の姿であった。これが遠藤の見た原民喜の最後の姿となる。

遠藤は慶應義塾大学を卒業した一九四八年から三田文學の同人となり、三田文學の編集室になっていた能楽書林に頻繁に出入りするようになる。そして、その一室に住み込んで編集に携わり、広島での被爆体験を描いた「夏の花」等を発表し活躍していた十七歳年上

の原民喜と親しくなる。二人は酒に酔うと原が遠藤を「ムスコ」と呼び、遠藤は原を「お父さん」と呼んでいた（丸岡大二「原民喜氏の思い出」）というほどに親密な関係になっていった。そうした遠藤が原に宛てた手紙（一九四九年十一月八日）に「ぼくが、原さんのことをどんなにぼくの人生と文学にとつて大事な人であるかと考へてゐる心情をお知り下されば、ぼくが原さんを離れるなんて御想像だになさらないでせうに。ぼくは多くの過失あるイヤな人間です。イヤな人間故に自分の信じえる人からは生涯離れませぬ」とあるように、遠藤は、生活のために生きることに余りに不器用で「自分のために生きるな、死んだ人たちの嘆きのためだけに生きよ」（「鎮魂歌」）と純粋に孤独に生きる原民喜を側で守らなければと思うほどに敬慕していた。

しかし、遠藤の留学によって別離が訪れる。原は、遠藤が乗船三日前に訪ねてきたとき、「あることを考えている」と告げる。そして、原は遠藤が旅立った翌年三月、姉や妻の待つ魂の故郷に赴くことを願い鉄道自殺を遂げる。リヨンで遺書を受け取った遠藤は「もっとも人生に不器用なゆえに、もっともうつくしく、ぼくにみえた人が死んだ」と友人島崎通夫への手紙でその衝撃を告げている。さらに、遠藤は原の遺作「心願の国」を読み、原は遠藤を埠頭で見送りながら、「去っていくのは彼でない。わたしなのだ」と思っていたのだ（「原民喜氏の巻」）と思い、また、遺作「永遠のみどり」を読んで「ぼくは彼にとって、〈みどりの季節〉の人間であり、荒涼たる冬を経た彼からバトンを引き渡さるべき人間であったに違いない」と日記に記している。そして、遠藤は原のことを生涯、大切に想い続け、「人間にはその人のことを思いだせば、胸がいたみ、その人が自分にとって一つの良心のような存在にめぐりあうことがあるものだ。私にとって原さんとは、そのような人だった」（「原民喜氏の巻」）と語っている。

この原のような純粋なうつくしい魂を思うことで、自分がイヤな人間、弱い人間であることを嚙みしめ、胸に痛みを感じる感受性の強さは、遠藤の自己凝視の特徴であり、そこから弱い人間へ共感のまなざしを向ける遠藤の多くの作品が生まれていく。遠藤が原の純粋な魂を敬愛するのは、遠藤自身のなかにそれに共振する同じ純粋な魂があるゆえではなかろうか。ただし、原の場合は、その純粋な魂が無防備なままさらけ出され、生活がほとんど不能になっているのに対して、遠藤の場合は、自分の内面を秘めたまま、おどけによってまわりにサービスしたり、生活のために妥協したり、ずるく立ち回ったりする生活能力ももち合わせている。それゆえに、遠藤はそうした純粋な魂に出会うと、自分もそのように生きたいという願いを強くもっているからこそ、そうできない自分の不純さ、醜さ、弱さを強く意識することになるのであろう。遠藤は自分の生きる道を模索していた青春時代の最も感じやすい三年間、原民喜という純粋な魂の傍らにいてそうした自分を省み、文学と人生を求めることができたことは貴重な恵みであったといえようが、その原との別れと同時に、それを引き継ぐかのような新たに純粋な魂との出会いに恵まれる。それが井上との出会いである。

2

井上は、マルセイエーズ号が岸壁を離れたとき、見送りの人々から離れて、一人埠頭の先端まで歩いていつまでも手を振っている父の姿を見る。これが井上にとって生前に見た父の最後の姿となる。

井上の父重治は、井上が修道院に入りたいとの決心を告げたときには、大反対していた。自他に大変厳しく、嘆きとか愚痴とかを決してこぼすことはなかった父が、このときだけは初めて「おれは何のために生きてきたかわからなくなった」と嘆いたという。しかし、姉の修道会入会のときのように執拗に反対を続けることはなかった。姉の修道院入りに反対し続けて最終的に根負けした父は、「キリストと喧嘩してもどうせ負けるのだから許した」と姉には漏らしていたという。父にすれば、一人娘が修道院に入り、三男は胸を患ってサナトリウムに入っているという状況のなかで、今度は次男が修道院に入るということになり、その衝撃は大変なものであったという。

渡仏前（1950年5月末）に自宅庭にて家族と
後列右端、井上

そんな父重治は、息子を見送って一年半ぐらい経った頃、すでに井上の母アキが修道院に入った姉の影響で受洗し通っていた田園調布のカトリック教会に勉強に通うようになる。それから、三、四か月後に父は脳卒中で急に倒れ、呼ばれた神父が到着する前に亡くなるが、教会で勉強していたことから洗礼が授けられ、田園調布のカトリック教会で葬儀が行われる。

井上はフランスに渡って二年目、元気な父からの手紙を受け取った三日後に父の死亡通知を受け取る。井上は、『余白の旅』の中で最後に見た手を振る父の姿に触れて、「今でも夜中に目を覚ましたときなど、ふとこの父の姿を思いだすことがある」と述べ、こう語っている。

父をあれほどまでに悲しませてしまったことはまことに申し訳ないと思いながらも、しかし今考えてみても、当時の私もまた、これしかないというぎりぎりのところを生きていたように思うのである。

ここでいう「これしかないというぎりぎりのところ」とは、どのような心の状況であったか。井上は今の自分をも無意識のうちに動かしている心の原点である当時の自分を振り返り、「キリスト・イエスに捕らえられたので、私も、なんとかして目指すものを捕らえようと努めている。なすべきことはただ一つ、後ろのものを忘れ、前のものに全身をかたむけることである」（「フィリピの信徒への手紙」三章一二―一三節）という聖書の言葉を挙げて、次のように語っている。

大学一年の終わりにキリスト教に入信した私は、大学卒業後すぐ修道院に入るためにフランスに渡った。今から思えば、それはキリストに捕らえられた結果だと思うのだが、当時はただただ「イエスの見た青空が見たい」という思いにかられてのことであった。（中略）当時の私としては、私なりに一所懸命イエスを捕らえようとはしていたのだと思うのである。エゴイズムで汚れている私が見ている青空と、エゴイズムの翳りの全くない、神の悲愛《アガペー》でみたされたイエスの見ている青空とは違うはずだ、イエスの見た青空や夕焼けはどんなものだったのだろう、ほんのちょっぴりでもかいま見てみたいものだ、それが私のイエス追求の思いだったのである。

（『イエスをめぐる女性たち』）

この「イエスの見た青空が見たい」という井上の青春の原点ともいえる願いは、エゴイズムの汚れを取り除いた純粋な魂への憧憬であったといえよう。井上は、山折哲雄との対談「南無アッバへの道」（『日本人のこころの旅』）のなかで、死の問題に苦しめられ、また同時に苦しんでいる人の気持ちを映せるような人間になりたいという願いをもっていたというその頃の心境を述べ、「その二つが私の中にうごめいていて、宗教の道を求めるようになった」とも語っている。そして、テレジアの自叙伝と出会い、テレジアのように幼子の心になって神様に任せきったら、生死を解脱して、何か本当に人の悲しみが映せるような人間になれるのではないか、との思いからテレジアと同じカルメル会の修道院に入って修行するために渡仏の決心をしたと述べている。そのときの心境を伝えるその頃に書かれた一つの詩がある。

難しい神学は何一つわからないでも
素晴らしい説教は何一つできなくても
　悲しくて泣いている
　　一人の魂のかたわらで
そっと一緒に泣いてあげることのできる
そのような
　そのような人に　　私はなりたい

難しい神学は何一つわからないでも
素晴らしい説教は何一つできなくても
　夕日に映える
　　ぶなの木の林で
小鳥たちと一緒に神の愛をうたう
そのような
そのような人に　　私はなりたい

難しい神学は何一つわからないでも
素晴らしい説教は何一つできなくても
　誰一人通らない山の小路に
それでも微笑みながら咲いている花のような
そのような
　そのような人に　　私はなりたい

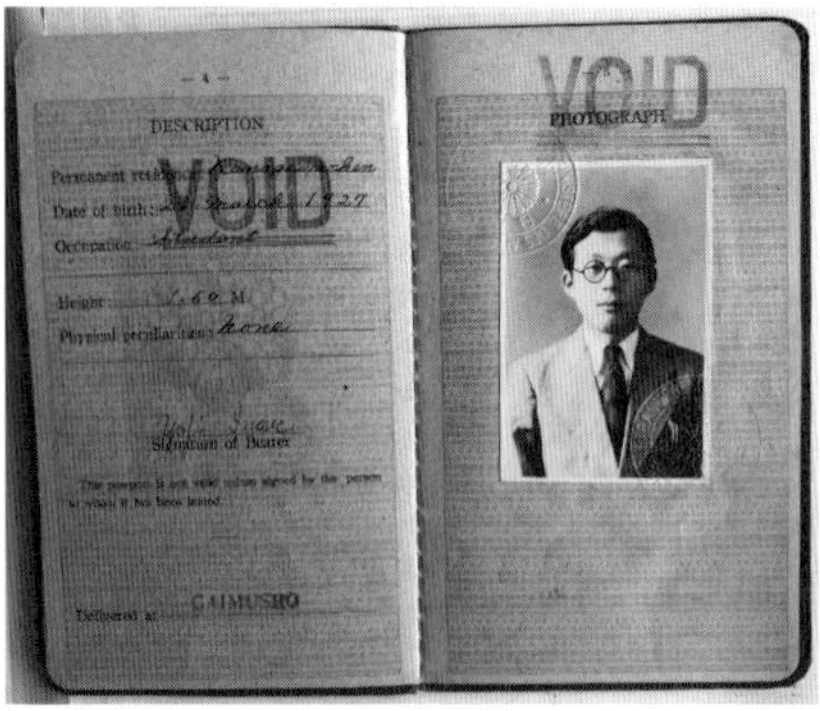

井上洋治、渡仏時のパスポート

井上は神父になって見つけたこの詩を、「この拙い感傷的な詩に表現されている魂の憬れだけは、今も私の心に脈打っていると思う。（中略）この魂の憬れを失ったときこそ、私のキリスト者としての生命の終りだというような気がするのである」（『余白の旅』）と、自分の信仰の大切な原点として意識している。

　私はこの詩を読むと、宮沢賢治が病床で祈りとともに綴った「雨ニモマケズ」の詩が想い起こされる。井上は、宮沢賢治の「雨ニモマケズ」について、戦争中に「頑張りましょう、勝つまでは」という軍部のスローガンにのって朗読されていたために、頑張りズムの代表のような詩とばかり思っていたのを、ある時、長岡輝子の重く訥々とした盛岡弁の朗読を聞いたとき、「せつせつたる賢治の哀しみを、深く胸の中にきざみこまれた思いがした」（『まことの自分を生きる』）と、感動を伝えている。実際に「……サウイフモノニ／ワタシハナリタイ」という「雨ニモマケズ」は、病床で死を覚悟するなかでも他者の苦しみを共にできる人間になることを願う賢治の魂の憧れの込められた切なる祈りともいうべき詩である。このような賢治とも通じるような純粋な魂の憧れをもってフランスに渡ろうとする井上が、遠藤と四等船室で出会うのである。

ところで、井上はフランスのカルメル会の修道院に入るために、修道会からの指示に従って準備を進めることによって、マルセイエーズ号に乗船することになったわけである。それに対して、遠藤は大学を卒業して二年後、まだ東京にも焼け跡が残る、GHQの占領下の一九五〇年において、フランス留学が何故に可能になったのだろうか。この点については、遠藤と共に渡仏した留学生の一人であった物理学者の三雲昂が『四等船客の文化論』のなかで「一九四九年は、フランシスコ・ザビエルの日本渡来からちょうど四百年目に当たっていた。天正の少年使節団の昭和版ともいうべき」「日本からのカトリックの留学生をフランスに招聘すること」を、「フランスのカトリック教会と一部の篤志家が、戦後の日本に注目し、宣教の一手段として」計画したものであったと説明している。そして、日本側の窓口として、上智大学のイエズス会の神父たちがその計画を受けて協力し、人選をしたなかに、フランスのカトリック文学を主にした文芸評論によって「三田文學」を中心に活躍を始めていた若い遠藤があげられ、戦後最初のフランスへのカトリック留学生の一人として渡仏できることになったわけである。大学の助手や院生が選ばれるなかで、遠藤が選ばれた背景には、遠藤の母と遠藤との精神的指導司祭で、当時上智大学教授で「カトリック・ダイジェスト」の編集長をしていたイエズス会のヘルツォグ神父の強い推薦があったのではないかと推測される。というのも、遠藤の留学先に送られた母郁の手紙のなかには「神父様〔=ヘルツォグ神父、引用者注〕とお母さんは周ちゃんは必ず天才があると認めているのですから、しっかり勉強して下さい」とあるように、ヘルツォグ神父も母郁と一緒に遠藤の才能を認めていたと考えられるからである。また、遠藤が留学中に克明に綴った日記（「作家の日記」）には最初の一行から、「午後四時半、ヘルツォグ師に自動車で品川駅まで送られそこで師と別れる。流石に感無量で辛かった」と、ヘルツォグ神父が登場している。さらに、行きの船旅を含めた留学の最初の三か月をユーモラスに描いた旅行記「赤ゲットの仏蘭西旅行」（『ルーアンの丘』所収、以下「赤ゲット」と略記）は、編集長のヘルツォグ神父と母郁の意向があって留学先から送られる原稿が「カトリック・ダイジェスト」に連載されたものであったろう。

3

岸壁を離れたマルセイエーズ号は汽笛を三度ならして青く暗い海へと出航し、遠藤も井上も、霧雨の岸壁で見送ってくれた家族や先輩、友人たちがかすかに遠く見えなくなると、自分たちの四等船室に降りていった。この豪華客船は、フランスがインドシナ戦争の遂行と同時に国交を断たれた中国に代わって日本との交流を求めて横浜までの極東航路を復活させ、そのために新しく造られた船であった。四等船室といってもそういう船室はなく、ベトナムから日本兵の捕虜を送り返すために、クレーンの並ぶ後甲板と船倉との間にある中甲板に、ずらりとカンバスベッドを並べただけの場所であった。そのような暗い四等船室で、遠藤と井上は一か月の過酷な船旅を共にする。井上はこの船旅について、「船が揺れれば汚水がベッドの下を流れるので、ふだんはとても背広など着ていられるものでなかった。荷物は一等船室にたまたま乗り合わせたフランス人の神父にあずかってもらい、私たちはふだんは海水パンツ一つですごした。しかしこのような生活も慣れてくると、みなで一等船室の風呂と便所をこそこそとかくれて使用しにいくというようなこともやって、結構それなりに楽しい裸のつきあいの一ヶ月であった」（『余白の旅』）と語っている。遠藤もこの船旅については、日記や旅行記「赤ゲット」、小説やエッセイで何度も書いている。例えば、短篇集『母なるもの』に入っている短篇「学生」では、明らかに井上がモデルと判る額にアザのある田島という青年が登場し、次のように描かれている。

田島は我々が寝る時刻頃、必ず甲板の隅に行って、一人で義務祈禱をやっていた。彼の話によると、カルメル会に入る者には欠かしてはならぬ日常の祈りが幾つもあるのだそうだ。

私はなぜか田島が好きだった。その好意のなかには、私と同じ年齢で私と同じように不器用で体も強くなさそうな男が、すべての人間的欲望を棄てて一生を神に捧げたことにたいする驚きが含まれていた。

ここで、田島が「私と同じ年齢」というのは、井上が遠藤より年下であることとは一致しないが、それは井上が自分と同じ地点から出発していることを強調したいためであろう。井上が自分と同じ弱さをもつ者でありながら、懸命に神に自分を捧げて生きる純粋な人間であるがゆえに、遠藤に好意と敬愛の念をいだかせるものをもっていたといえる。こ

1950年6月4日、横浜港停泊中のマルセイエーズ号にて。
右より3人目が遠藤

の船での井上の様子については、三雲の『四等船客の文化論』でも、「井上君だけは、日々、祈りの生活で」あったとの記憶が記されている。遠藤はそんな井上の姿を見て、中学時代に「まるで修道女と同じようにきびしい祈りの生活を自分に課し僕にも課し」「より高い世界の存在せねばならぬことを魂の奥に吹き込まれた」（「影法師」）母との生活を想い起こすこともあったのではなかろうか。さらに、留学先から日本に送られた旅行記「赤ゲット」では、四等船室の船旅の最後の夜に、いつものように甲板で独り椅子に座ってうなだれて祈る井上を見つけた遠藤の、井上に寄せる想いが詳しく語られている。

もう一生家族にも会えない。全ての地上のものを捨て、孤絶した神秘体の中に身を投じる君をぼくは真実、怖ろしく思いました。彼の体は強くない。寂しがりやで気が弱い彼が、ぼくは何だか自分の弟のように思えたのです。ぼくはなぜか、彼が好きでした。だから、そんな彼が人生の孤絶、禁欲ときびしい生の砂漠を歩いていくのを見るのは怖ろしかったのでした。暗い甲板の陰で、ぼくは黙って彼の横に座りました。

（中略）

「明日で君ともお別れだから、こんなことを言うのだけど、ぼくは君を見ると自分がずっと下の人生を歩いているような気がしてならない。もし、君が意志の強い、体の強い人間だったら、ぼくはそうまで感じなかったろう。けれども君が肉体の上でぼくと同じように弱いだけ、その君が黙ってカルメルにはいって行くのを見ると、ぼくはつらい気がする」

「つらい?」

と彼はロザリオをポケットにいれながら答えました。

「もし、神様がぼくを助けてくれなかったら、君の言うように泣き虫のぼくは、つまらない人生のつまらない人間になっていたと思うよ」

「つらいと言うのは、君はそこまで歩く決意をしたのに」

とぼくは言いました。

「ぼくはまだ何も決意していないのだもの」

「聖寵は各人の人生の上で、おのおの別の形が与えられるものだもん。君の生き方とぼくの生き方とは違うことを神様は望んでらっしゃるのだもん」

I君はそれから小声で呟きました。

「ぼくはずっと、これから君のために祈っているよ」

この永遠的な世界のなかで生きていく友だちの、少し寂しげな顔を眺めながらぼくは、彼の生き方と自分のそれとの差を比較しました。彼は恐らく、地上的な一切のものから脱れ、観想と孤独の裡に身を浄化していくのでありましょう。そしてぼくは、時代の穢れのなかに漂わざるをえない。しかし、それがぼくに与えられた仕事であるならば、誠実にその中に生きねばならぬ　（傍点原文）

ここで注目したいのは、遠藤が井上も自分と同じ意志も体も弱い弱者であると認識し、その井上が高い人生を歩もうと決意していることに比べ、自分はまだ何も決意していないことを辛く感じている点である。この辛さは、遠藤が意志も体も強靭でより高い世界に向かって努力を怠らない、遠藤の母と遠藤の指導司祭であったヘルツォグ神父のようになることを母から期待され（「影法師」）、自分でも一時は本気で神父になろうと努力しながらも（「六日間の旅行」）、意志も体もそれについていける強さはなく、挫折したという苦い経験からきているのではなかろうか。さらに、世俗を離れた世界で生きていく井上とは違い、世俗の穢れのなかで生きるのであっても、井上が自分を捧げて生きる道を見つけたように、世俗で神から与えられた自分の生きる道を見つけ、それに自分を捧げて生きる決意をしたいと遠藤が強く願っていることがこの文章からはうかがえるのである。

旅行記「赤ゲット」では、遠藤は船がマルセイユに着くと、ルーアンに行って二か月間、ロビンヌ家にホームステイをする。ある日、パリに出て、パリの裏通りで酒を飲もうとキャフェに入ろうとしたとき、「なぜか、急にカルメル会に入ったI君のことが思い出され」て入るのをやめ、マルセイユに着く前夜、船の甲板で彼と話した会話が甦って来て、次のように思う。

彼は、もう一人の修道士として、孤独と浄化との永遠的な生活に足をふみ入れているはずです。今、こうしてぼくが、この臭気のたちこめた夜のパリの裏辻を足をひきずって歩いている時、彼は、修道院の彼の部屋の中で、祈っているに違いがない。ぼくには、彼のその祈る姿、うつむいた弱々しげな肩、粗壁にうつるその影がくるしいほど、はっきり見えました。ぽつん、ぽつん雨が降ってきました。

（君はみつけたね）

ぼくはあたかも、彼がそこにいるように、心の中の影に問いかけました。彼に対する愛情と尊敬と共に、まだ何もみつけていない自分の無力さがひしひし胸にこたえました。

遠藤はここでも井上が修道士として自分を捧げて生きる道を見つけ、それを懸命に生きているのに比べ、自分を捧げて生きる道が見つかっていないことに心の痛みを感じている。井上のように生きる道を見つけることが留学における遠藤の切実な願いであったといえよう。

4

マルセイユに着いた井上は、すぐにボルドー近郊のブリュッセと呼ばれる村にある広々した葡萄畑の丘陵の上に建てられたカルメル会の修道院に入会する。正式に会員として受け入れられるまでの修練期間中の修練士には、頭で神について考えることを極力さけさせ、身体全体で神を知ることに専心するよう勧められ、畑仕事などの肉体労働と祈りの生活で、部屋には二枚の白木の板と、三枚の毛布、質素な机と椅子の他はなく、それは「一切か無か」というカルメル会の精神を徹底させる修行であり、日本でいえば永平寺のような厳しい修行の場であった。井上は、ただ死にものぐるいでこの「型」を生き抜いていけば必ずや何かが見えてくるはずだとの思いから、そこに入っていく。

毎日の労働、深夜の祈り、そして猛烈な蚤の攻撃で眠れない夜や、冬には暖房のない部屋で寒くて眠れない夜が続くという体力と精神力の限界のなかで、井上が「このままでは死んでしまいます」と院長に訴えると、「あなたは死ぬのが怖いのですか」と逆に問い返されたという。そうした厳しい修行によってほとんど限界状況を生きているなかで、「急に激しい労働をすると軽い目まいのようなものにおそわれ、それこそ時間がぷつんと静止

遠藤周作撮影による、井上洋治カルメル会修道士盛装の姿
（1951年8月、カルメル会ブリュッセ修道院の葡萄畑にて）

し、風にひらひらとゆれるポプラの木々の葉や青空に浮かぶ白い雲が、それこそ此の世ならぬ永遠の美の世界に輝きでているような、今から考えてもみても実に不思議な体験をしたことも何回かあった」（『余白の旅』）というような甘美な神秘体験もしている。また、真夜中の祈りが終わったあと、自分でつくった「奉献の祈り」を血書し、それをそっと祭壇に捧げて祈ったこともあったという。

　そうした修練期間は一年半におよび、井上にとってそれは、「体力と精神力の限界に挑戦してみた自我の傲慢さが、神の恩恵のまえに完全に挫折せしめられた時期であった」（同）という。すなわちそれは、自分が主で、自分のために神を求める主我的段階の自我が砕かれて、神が主となり、自分が従となる、神の前に自分が相対化される無我的段階への宗教的回心といえる体験であったと考えられよう。

　こうした修練が一年におよんだ修練中の井上を、遠藤は夏休みを利用して訪ねている。遠藤の『作家の日記』には「ボルドオからバスで一時間、リオンの小さな村から更に徒歩で五里、アカシヤやぶなや、猫柳の森のなかを上ってブロセーの村にぼくはついた。ここは高原で、うちつづくものはただ、葡萄畠と、雑木林」とあるように、大変に不便な「丘の中の全くの僻遠の地」にある修道院を遙々と訪ねている。遠藤にとってそれがどれほど貴重な体験であったか、日記には井上との再会が次のように記されている。

ゆっくりした足どりで井上はやって来た。既に、マルセイユで別れた時の彼ではない。カルメルの茶褐色の粗服をまとい、胸に木の十字架をさげ、頭の頂をそっていた。ひどく蒼い顔にみえたのは、眼の上の赤いあざのためだろうか。微笑して手を握りあった。

（中略）

もはや、彼は船の中のあの彼を更にこえていた。その話す事には傲岸も、教えるような所もなく、真に、実感にあふれていた。

彼は、この孤独の中で、ただ、純粋の時間のなかで生きていた。この孤独……この荒涼たる孤独のなかで、ぼくは彼のような身になる事がやはり怖ろしかった。もし、その孤独（すべてのものを投げ棄てて我に従えと基督はいわなかったか。しかし、井上に比べて、ぼくは何も棄てなかった事が今こそはっきりとした……）に自分が従わねばならぬのならば、ぼくはたしかに怖れただろう。

しかし、彼にそれを話した時、彼は、ただ、微笑して言った。〈そんなにこわくないよ〉、彼の言葉の内で、ぼくを感動させたのは、そこにぼくの邪悪な批判をもいれさせない、きよらかさだった。〈ぼくは、もう神の歓喜に溢れている〉、〈ぼくはもう、神秘主義の本をよんでも驚かなくなった〉、冬の間中、彼も、くるしんだのだった。食事もとれず、ねむれなかった。カルメルを棄てようかとさえ思ったといった。それを彼は、悪魔の攻撃だったといった。

二日目から、ぼくは本当に真剣になって、主に、この井上と会わしていただいた事を感謝した。そして、主にぼくはぼくもまた、きびしい、信仰をさずけ給えと祈った。

（一九五一年八月二十六日―二十七日、傍点原文）

ここで「神秘主義の本をよんでも驚かなくなった」というのは、前述のような神秘体験がすでにあったからであろう。遠藤がすべてを棄てて神に従う井上のような厳しい生き方を怖れる弱さが自分にあることを承知しながら、それでも厳しい信仰が自分に与えられるように祈っていることとの意味は重かろう。もちろんそれは井上のように修道生活に入ることではなく、世俗にあって神から与えられた自分の生きる道を見つけ、自分を捧げる厳しい信仰をもってそれに取り組むことと解せよう。遠藤は留学中に、カトリック文学の研究では「大きな壁にぶつかるような気がして、研究室に入る気持を、次第に放棄し」「そのときから私は、自分が小説家になろうと考えたのである。つまり私にとって生涯やらなければならない自分だけのテーマができたような気がしたからである」とエッセイ「異邦人の苦悩」のなかで述懐している。ここにある「生涯やらなければならない自分だけのテーマ」という言葉は、神から自分に与えられた使命感を伴う仕事という思いからのものであろう。遠藤が留学中に、井上の自分を捧げる厳しい信仰を意識し、そのような井上に出会わせてくれた神に感謝して、彼のような厳しい信仰が自分にも与えられるようにとの祈りのうちに、「生涯やらなければならない自分だけのテーマ」を背負って作家になる決意を固めていったことは、カトリック作家遠藤の大事な一つの原点を伝えていよう。そして、この厳しい信仰が与えられるようにとの祈りは、遠藤が少年のときに厳しい信仰に生きる母との生活のなかで「自分にも信仰心を与えてほしい」と祈り、青年のときにも神の実在感を希求したことと通底する遠藤の生涯を貫く切なる祈りであるといえるのである。

井上は、この修練中の遠藤の訪問に触れて、「夏を迎えたときは正直なところ私は疲れはててしまっていた。そんな夏のある日のこと、遠藤さんが突然修道院を訪ねてきてくれた。私はびっくりしたし、また本当に嬉しかった。マルセーユで別れるとき、一度君のところも訪問するよ、とは言ってくれていたが、まさか実際にこんな田舎まで来てくれるなどとは夢にも思っていなかったからである」（「遠藤さんを踏み石にしなければ…」）と遠藤への感謝を語っている。

先にあげた短篇「学生」でも、この修道院で厳しい修行をしている田島を「私」が遙々と訪ねる場面が印象深く描かれている。「私」は田島に畑仕事の合間のわずかな時間しか会えず、疲れて顔色の良くない田島から毎晩数十匹の蚤に襲われて眠れないと聞き、D・Tを後で送るという。そして、午前二時の祈りの時間にチャペルでお互いの顔は見ることができると聞いて、田島のためなら、どんなことでもしたいと思っていた「私」は修道院の客用の一室に泊まり、午前二時、痩せこけ、うなだれた基督の十字架像が祭壇の灯に照らされたチャペルで、田島の祈る姿を見る。それから、「私」が帰国して一年目、田島が結核の手術を病院で受けたあとで死んだという知らせを受け取る。

この小説を読んで、遠藤と四等船室の船旅を共にし、修道院に入った青年は死んでしまったと信じ込んでいた読者が、健在の井上神父がその青年であることを知って驚いたという話を聞いたことがあるが、井上神父も「ぼくは遠藤さんの小説では何度も殺された」と笑って語っていたことがある。確かに、『深い河』でも、井上神父をモデルとしたという大津は若くして死を迎えることになる。もちろん、私小説を否定していた遠藤の小説には必ず事実のデフォルメがあり、こうした作品に描かれた死にはイエスの十字架上のみじめな死の投影という主題が込められているためであるといえようが、こうした純粋な魂の主人公が若くして凡庸な死を迎えるという物語は、遠藤が次のような解説を述べている、ベルナノスの『田舎司祭の日記』の主題と通じるものがある。

この小説が私をもっとも魅了するのは主人公の田舎司祭が私たちと同じ地点から人生に生きていることだ。彼は健康ではない。頭も才能もすぐれた男ではない。善意で行なったことは、そのほとんどが失敗に終ってしまう。(中略)
その凡庸な、そして私たちと同じ弱さをもった男がこの小説の終りの頁をめくり終った時、いつか私たちの及ばぬ地点に、人生の崇高な部分を歩いていることに気がつく。それはなにか彼が特定の素晴らしい行為や死をえらんだためではない。

（彼の死は私たちと同じように凡庸でみじめな外観をとっているのだから
なにが彼をそうさせたか。なにが彼をそこまでいかせたか。
（「秋の日記」）

この『田舎司祭の日記』についての遠藤の言葉は、そのまま遠藤が井上に寄せる思いとも重なろう。すなわち、井上が自分と同じ弱さをもった人間でありながら懸命に信仰を生きていることを、遠藤は四等船室での一か月の生活のなかで知るのであるが、葡萄畑での再会のなかでは井上が自分のおよばない人生の崇高な地点を歩いていることにさらに気づくのである。そして、遠藤はそのような純粋な魂の井上に出会わせてくれたことを神に感謝し、自分にもそのような厳しい信仰を与えてほしいと祈るのである。

若い遠藤にとって、自分と同じ弱さを背負いながらも純粋に懸命に信仰の道を生きる井上との出会いは、原民喜との関係と同じく、自分の生き様をたえず省みる契機となったろう。そして、その後の人生の歩みにおいても、友としてその井上の姿を思うことは、弱さに流されそうな自分を励まし、より高い世界を求める自分のなかの純粋な魂を見失わず、厳しく信仰の道を生きる支えにもなっていったのではなかろうか。そこに、遠藤が生涯にわたって井上を「畏友」と呼んで敬愛した原点があるにちがいなかろう。

三　それぞれの帰国まで

1

遠藤周作が厳しい修練で疲れ果てていた井上修道士を遙々訪ねて喜ばせた葡萄畑の再会から二か月後の一九五一年十月末、井上は一年四カ月の過酷な修練期をやり終え、清貧・貞潔・従順の三つの誓願を立ててカルメル会の正式な一員として迎えられる。そして、ブリュッセ村の修道院を去り、南仏プロヴァンスの町タラスコンの近郊にあるプッティ・カストレの修道院に移る。

そこでは、司祭になるための勉学が開始され、フランス語の特訓と並行してトマス神学の勉強が始められる。フランス語の特訓は肉体的鍛練に近くまだ耐えられたが、一三世紀の神学者トマス・アクィナスの神学に基づき、現代に至るまでカトリック思想の土台とされてきたトマス神学の命題を覚えこませる硬直化した神学校用のテキストを使った一種の洗脳教育のような勉強には苦しみ、抵抗しながらも、二年間の勉学を耐え抜く。

そして、一九五三年十月、井上は、リヨンのカトリック大学で中世哲学を学ぶことを命ぜられ、リヨンの修道院に移る。リヨン・カトリック大学といえば、遠藤が聴講生としてそこで学び、大学の近くにある学生寮に住み、その図書館で勉強し、自分の研究室代わりにしていたという場所である。しかし、井上がリヨンに移り、そのカトリック大学で勉強するようになったときには、すでに遠藤はリヨンにいなかった。

遠藤は、井上と再会した三か月後の一九五一年十二月には血痰が出はじめ、一九五二年の夏にはアルプスの麓にあるコンブルーの国際学生療養所にて三か月間療養し、九月下旬にリヨンに戻り、喀血する。十月にはリヨンを去ってパリの大学都市にある日本人留学生のための宿舎の日本館に移るが、十二月には結核が悪化しジュルダン病院に入院する。そして翌年の一月初旬にはパリを離れ、マルセイユから日本郵船の赤城丸に乗船して帰国の途についている。

2

遠藤はリヨンを中心とした二年半の留学体験を経て、どのような課題を背負って帰国の途についたか。その帰国の船上での遠藤の心象をよく表しているのは、帰国した遠藤が「自分を全部つっこもう」(『人生の同伴者』)としたという処女小説「アデンまで」の最後近くの場面で、滞仏生活を終え、白人の女に別れを告げてマルセイユから船に乗った日本人青年が、スエズ運河に入り、両側の茶褐色の砂漠を眺める描写である。

　だれも歩いていない。いや、一度だけ、俺は、一匹の駱駝が主人もなく、荷もおわず、地平線にむかってトボトボと歩いているのを見た。砂漠は広いので、駱駝はやがて小さくなり、遂には一点と化してしまうまで、見えていた。その風景は、俺の胸をせつないほど、しめつけた。なぜだか、わからない。
　三年まえ、きおうて欧州に渡って来た時、(中略)俺は決してそれに感動しなかった。(中略)あの時、俺はまだ、自分が黄いろいという事をそれほど思ってみたことはなかった。パスポートに俺は日本人と書きこんだが、その日本人は白人と同じ理性と概念とを持った人間だった。（中略）色の対立について想おうともしなかった。（中略）色の対立は永遠に拭うことはできぬ。俺は永遠に黄いろく、あの女は永遠に白いのである。

遠藤は、このスエズ運河から紅海をわたる地点でこの作品を閉じるが、「アデンまで」と題して、あえて主人公が日本に帰るまでではなく、この地点までを描いて小説を終えていることの意味は重かろう。遠藤がこの地点を「東洋と西洋をわかつこの一点」（「わが小説」）と述べているところに、留学を終えて背負っている課題が浮き彫りにされていよう。

ここで、ヨーロッパへ向かう留学の途上では、「白人と同じ理性と概念とを持った人間」として、ヨーロッパの文化を、その核にあるキリスト教文化、そしてカトリック文学をヨーロッパ人と対等に自分のものにできるという思いをもっていたことがうかがえる。

しかし、留学中にフランスで体験する「色の対立」で象徴される文化の違いの壁は、理性で簡単に超えられるものではないことに気づいていく。エッセイ「帰国まで」では、その経験を「このヨーロッパは日本人の感覚ではついていけぬ何かがある。善の深さも悪の深さも、その高貴な精神もその美しい芸術も。私はわずかな歳月ではあったが巨大なその壁にぶつかり、自分とこの国々との距離感だけを強く意識するようになった。そしてその揚句『病気になった』」と語っている。

つまり、遠藤は、肌の色を変えられないように、日本人であることをやめることはできない、血のなかに流れる日本人的感性をぬぐいさることは不可能であることを身にしみて経験したといえる。しかし、遠藤はまた一方で、芸術にしろ教養にしろ多くを西洋文化に学び、さらにキリスト教の信仰を生きる者として、日本に戻って、日本の伝統的文化に根をおろして生きるのもたやすくないことを知っている。そうした意味で、砂漠をとぼとぼ地平線に向かって歩く駱駝の姿は、白人文化に居場所はなく、そうであるからといってキリスト教を背負い、日本文化にすっと帰るべき居場所があるわけでもない、すなわち根なし草の孤独のなかで、自らが真に根ざす魂の故郷を求め、先導するものもない世界を、彼方に向かって旅する遠藤自身と重なる姿であったといえるだろう。

遠藤の留学中の体験を考えるとき、こうした苛烈な異文化体験と同時に、もう一つ看過できない体験がある。それは、異国の地で死と向き合わねばならなかった病床体験である。遠藤がフランス留学中に結核を発病し死を意識した折に綴った言葉は『作家の日記』のなかに溢れている。

この国で死ぬ日がくるのかも知れぬとしみじみ考える。

（一九五一年二月十八日）


夜、死の恐怖が、胸一杯しめつけた。

病の中で、ぼくは死の恐怖が、ぼくの汎神傾向より、もっと強いものであることを発見した……。

（一九五一年二月十九日）


もし主がいられなかったなら、ぼくにはこの死の恐怖はないでしょう。主がいまさず、死後がただ、永遠の虚無ならば、ぼくは死を恐れない。むしろ虚無の中の眠りをさえ願う。

（一九五一年十二月二十六日）


何よりも、ぼくをこわがらせたのは、死後における永遠の刑罰である（カトリシスムを捨てたと思ったぼくが何故、それを恐れたのか）。ぼくは自分が、罪を犯しつづけて来た事、ぼくは、他人を不幸にしつづけて来た事を、烈しく恐れ悔いた。

（一九五二年五月十七日）


遠藤は、リヨンでの留学生活がはじまって半年後の一九五一年二月には結核の兆候があらわれ、その年の十二月には血痰が出はじめ、その一年後には入院するが、この引用はそうした中での日記の一節である。死を意識するなかで、死の恐怖に胸が締めつけられる夜を過ごし、カトリシスムという思想を捨てたとまで一時は頭で思っていても、少年の頃から教会で心の奥に植えつけられた死後の神の裁きと罰に対する恐怖は消えないで残っている。また一方で、自分のなかに、生きることに疲れ、死後の裁きなどない、ただ虚無のなかの眠りだけを願うといった汎神的傾向があることを認めながらも、死の恐怖はそうした汎神的感覚よりも強いことも知る。

そして、遠藤は留学の最後に結核の悪化により入院した翌日の日記に「今一つの声はこういう」と記し、「私はお前を本当の生命に導くために（それはお前の功によるのではなく、お前の周囲の人たちがお前の回宗を祈ったからだ）フランスに送った。しかし、フランスでもお前は se donner（自分を捧げること）をしなかった。私はだからお前を更に促すためにこの病と死の不安を与えたのだ……」（一九五二年十二月×日）と書いている。ここで注目すべきことは、神が自分をフランスに送ったのは本当の生命に導き、井上のように自分を捧げる厳しい信仰を生きるように促すためであったと遠藤が理解し、それができていない自分を意識している点である。さらに、同じ日の日記には「俺の思想は俺の体と離れている」「ぼくは死がこわい。そのこわさは、神の罰に対する恐怖である。（もし死が単に無の世界に我々を導くなら、この恐怖はもっと減ぜられただろう)」とあるように、ここでも厳しく罰を与える父性的な神が問題にされている。頭では厳しい信仰を求めながらも体が弱いためにそれを実現できず、そんな自分は死後には神に罰せられるという恐怖をいだいている。しかし、それとは矛盾して死を無の世界ととらえてそこに眠ることを願うという死への誘引が自分の体のなかにあることも意識している。

こうした死後の神の裁きと罰を強調する父性原理の強い西欧キリスト教と自分の血のなかにある死を無に帰る永遠の眠りととらえる日本的汎神的感覚との違和感といった問題意識は、遠藤の処女エッセイ「神々と神と」(「四季」一九四七年十二月)から留学直前に発表された「誕生日の夜の回想」(「三田文學」一九五〇年六月)に至るまでの初期の評論で問題にされていたものである。それが、留学中に長い伝統を背負う西欧文化と直接ぶつかり、さらに結核を発病することによって死と向き合うことで、より強烈に切実な問題として自覚されるに至ったと考えられるのである。

ところで、この罪と罰を強調する父性原理の強い裁きの神のイメージを植えつけられながらも、遠藤がそうしたキリスト教から離れてしまうことなくその信仰をもちつづけ得たのはなぜだろうか。明治以降、近代化の流れのなかで、キリスト教と出会った多くの日本人が、ヨーロッパの文化や風俗の一環としては受け取り、例えば、バッハなどの西洋のクラシック音楽を愛好してキリスト教のシンパになっている。しかし、いざ、自ら生きるべき信仰としてのキリスト教となると、抵抗感や違和感をもつ人が少なくなく、キリスト教の信者の数はずっと日本人の一パーセントに満たないままである。その抵抗感の最たるものが、この罪と罰を強調する父性的神の問題であると考えられるのである。

明治以降の近代文学者を見てもそうしたことがいえる。例えば、島崎藤村は、西欧文化への憧憬と相まって若くしてキリスト教の洗礼を受けるが、自叙伝的小説『桜の実の熟する時』によれば、「可畏《こわ》いお父さんのよう」で「旧約的な」「エホバの神」が心の底に住み、教え子に恋することによって罪意識に悩まされたことがうかがえる。それらによって主人公は、「隠れたところをも見るというこの神」から逃げ出し、教会を離れていく。また、同じく学生のときに受洗している正宗白鳥も、「その神は恐ろしい神であった。私の求安録は恐ろしい神からの脱出の計画であった」（「内村鑑三」）というような問題によって教会から離れる。さらに、芥川龍之介の場合も、キリスト教に接して罪と復讐の神のイメージを得、「背中に絶えず復讐の神を感じ」「僕は罪を犯した為に地獄に堕ちた一人に違いなかった」（「歯車」）と作品の中で語る。そして太宰治も「自分は神にさえ、おびえました。神の愛は信じられず、神の罰だけを信じているのでした。信仰。それは、ただ神の笞を受けるために、うなだれて審判の台に向うことのような気がしているのでした」（『人間失格』）と神に強烈なおびえの意識をもつ主人公を描いている。このように、芥川も太宰もキリスト教に近づきながら、裁きと罰の父性的神のみが実感され、結局、信仰の安らぎを得ることはなく自殺していく。

井上もこの同じ問題を学生時代に感じており、『風のなかの想い』のなかでこのように述べている。初めて教会を訪れたのは、旧制高校の寮に入ったばかりの頃で、それ以来、キリスト教の勉強に通ってみたりしながらも、いま一つ抵抗感があって、なじめないで、教会のまわりをうろうろまわっている状態であった。その当時、どうしても信仰にふみきれなかった重大な理由の一つは、キリスト教における「罪と罰」の問題であった。当時のカトリック教会が信者になるための勉強に使用していた「公教要理」によれば、例えば、心の奥からわきあがってくる性的なイメージを少しでも楽しめば大罪になり、その結果は永遠の地獄の罰であり、それは何とも恐ろしい神であった。もちろん「二度とは決しておかしません」という痛悔と決心とがあって告白すればゆるされるのであるが、思いを楽しんだだけでもいけないというのであれば、罪に陥ることを二度とはいたしませんと神の前に宣言できるとは思えなかった、と。そんな疑問を抱え、教会の門を遠く感じていた井上が信仰に入ることができたのは、以前にも触れたが、リジューのテレジアの自叙伝『小さき花』にめぐりあう恵みを得たからであった。

そのテレジアの言葉には、「主の哀憐《あわれみ》と慈愛《いつくしみ》」をよく知っているがゆえにどんなに罪を犯しても、「決して誰も、私に恐怖をいだかせ、信頼心をへらすことはできますまい。私はこのおびただしい罪が、ちょうど烈火の中に投げ入れられた一滴の水の如く、瞬く間に消え失せてしまうことをよく知っております」とある。そこには、「罪と罰」を恐怖することのない、テレジアの「主の哀憐と慈愛」に全幅の信頼をおく信仰が示されている。

井上はこのようなテレジアの信仰を通して、父性原理の強い神の「罪と罰」への恐怖ではなく、母性原理の強い神の「愛とゆるし」に出会うことで、キリスト教とつながりえたといえるのである。

その点に関して、遠藤の場合はどうだったろうか。遠藤は後にエッセイでよく、自分がキリスト教を捨てようと思っても捨てられなかったのは、母親への愛着のためであると語っている。それは確かであろうが、そうしたエッセイは母の死後に書かれたものである。まだ、母が健在の留学当時の日記を見ると、母のことはほとんど出てこない。実際に、母郁が息子に頻繁に送った手紙のなかには、「何のたよりもないので毎日毎日、案じて」、朝のミサに行っては、「周ちゃんはその時寝ているのだと思って祈り、夜中には周ちゃんの昼間がよく過ごせるよう祈っています。何をする時も忘れません」「お母さんのことはすっかり忘れたかもしれないとホロリとすることもありますし、病気しているかもしれないと思ったりしますから手紙を下さい」（『落第坊主を愛した母』）とある。このように留学中も母の愛を一身に受けている遠藤であるが、それを意識化し、自分の信仰と結びつけていくのは、短篇「母なるもの」に描かれているように母の死後、こうした母の愛が聖母マリアと結びつけられていくことによってであると考えられる。

というのも、留学中の『作家の日記』には、次のように病気で苦しむ遠藤が聖母への祈りによって救われる聖母体験ともいうべき信仰体験が記されているからである。

夜、死の恐怖が、胸一杯しめつけた。今度のぼくの病気は、ぼくのたどりついた人生観のくるしさから来るのではないかとつくづくと思う。深夜聖母に祈る。この時、ぼくは聖母が白い透明な世界の象徴であるように思われた。

（一九五一年二月十八日）

昨夜死の恐怖のくるしみの中で、ぼくは恩寵なき世界を浄化する聖母の光をみたのである。それは、自然的世界の、ぶよぶよした湿地帯を透明にうつくしく、変容してしまうものであるに違いない。

（一九五一年二月十九日）

遠藤はこれより半月ほど前の日記のなかで、自分の原素が原初の暗い沼のような湿地帯に通じるものであるという汎神的な人生観にたどりついたと記している。その後で病気になり、死の恐怖の苦しみのなかで深夜聖母に祈り、その原初の暗い沼のような湿地帯の「恩寵なき世界を浄化する聖母の光」を見るという信仰体験をしているのである。そして、その直後の日記には、「ぼくの聖母に対する信仰はどうしてもなくならない。ぼくはわるい事をした時、困った時、くるしい時、聖母に祈る。聖母は、必ずきてくれる」（同月二十一日）とあり、遠藤が聖母に全幅の信頼を寄せる素朴な信仰をもっていることがうかがえる。遠藤は、厳しい父性的な神の「罪と罰」を恐れながらも、この母性的な聖母の慈しみへの素朴な信仰があったがゆえに教会とつながっていられたという面があったのではなかろうか。遠藤がパリのノートル・ダム大聖堂に入って、「聖母に捧げる蠟燭の炎が、点のように照らしている」内陣の椅子にすわり、一人の中年の男と、学校帰りらしい女学生が祈っている姿を見たときの思いを記した日記の次の言葉からもそれは察せられよう。

ぼくが教会を愛するのはそこに来る庶民の顔なのだ。その庶民の祈る顔には司祭や神学生の自信ありげな、独善的な強さがない。彼は悲しげに祈る。彼は人間の悲しさを知っている。そのようなカトリシスムをぼくは如何に愛するか……

（一九五二年十月十八日）

庶民の祈る顔の前には、その祈る人間の悲しさを慈しみをもって受けとめる聖母の姿がある。遠藤はそうした庶民の素朴な信仰を愛し、自らもそうした信仰をもっていたのであろう。また、この前日の日記には、「何故にぼくはサドを研究するのか。ぼくはこのもっとも暗黒な善悪の彼岸の世界に聖母の白い光がさす事を祈ってやまぬからか」とあり、遠藤の聖母に寄せる信頼の強さがこうしたところからもうかがえる。

西欧のカトリック教会において伝統的な神＝キリストのイメージが、王としての威厳と、死後の人間を裁く最後の審判者としての厳しさという父性的な側面が強調されていくなかで、聖母マリアがカトリックの母性的な側面を担ってきたといわれるが、遠藤にはこの後者があったがゆえに、彼はカトリック信仰とつながりえていたともいえるのではなかろうか。この聖母への信頼は留学中に遠藤の心にさらに深く刻まれ、帰国後、遠藤の母マリア郁（郁の洗礼名はマリア）の死を契機に、聖母と母が重ねられ、遠藤のうちで新たな信仰の展開をとげていくことになるのである。

3

遠藤と入れ替わるようにリヨンの町に住むようになった井上は、町を一望に見下ろすフルビエールの丘の上に建つ修道院で一年間を過ごす。ローマ時代の遺跡や中世からの教会や修道院など多くあって、フランスを代表するカトリック文化の一大拠点であるリヨンで、井上は遠藤が体験したのと同じく、文化というものの重みをひしひしと感じはじめる。同じフルビエールの丘には著名な神学者アンリ・ドゥ・リュバックによって代表されるイエズス会の修道院と神学校もあり、フランスのカトリック教会の知的指導者たちの講演や講義に出席する機会にも恵まれる境遇であった。そうしたなかで井上は、フランス屈指の神学者リュバックが、日本の法然や親鸞について深い学識をもち、仏教の阿弥陀信仰についての研究を発表していることを知って驚き、さらにその著書『カトリシズム』のなかで、各民族には各民族固有の文化があること、キリスト教の福音の宣教は、すべての文化をギリシャ・ラテン化することではないこと、普遍的であるとは一様化《ユニフォーミティ》ではなく、多様のなかでの一致《ユニティ》でなければならないことなどを主張していることに共感し、敬服する。そしてその頃より、「自分は日本人のままでよい、日本人のまま立派なキリスト者になれるはずだという確信が、フランス人の一員になろうと努力し、なりきれないでいつも傷ついていた私の心に次第に芽生えていった」(『余白の旅』)という。

翌一九五四年夏、井上は突然ローマのカルメル会創立のインターナショナル・カレッジであるテレサ大学に行って神学の勉学をするように命ぜられ、ローマに赴く。そこでの神学の教科書を教材にしての勉学は、「信仰の対象となるべきものさえ、やたらに人間の理性で証明していこうといったような姿勢が感じられ、膚を逆なでされるような不快感を禁じえなかった」(同)という。井上は、神学生としての勉学中に幾度も、トミスト(トマス主義者)にならなければ司祭にはなれないと言い渡される。東大で西洋哲学を専攻した井上にとって、トマス神学を勉強すること自体は苦にはならなかったが、トマス主義者になることを強要されることは、精神的な拷問にも等しい苦しみであったという。このローマでもそうした勉学を強いられて、精神的にほとんど窒息寸前の状態にあった井上にとって唯一の救いは、フランス人の学長のフィリップ師であった。井上は師にこうしたローマでの勉学は耐え難く、フランスに戻って神学の勉強を続けたいとの希望を申し出る。それに対して、フィリップ師から、ローマでの勉学を辞して去るということは、大変なことで、修道会の上層部もローマを馬鹿にされたようでよく思わないだろうし、教会認可の学位取得を放棄することになり、将来、神学校で教えたり、上位聖職者になったりすることができなくなることを意味しており、それでもよければ、フランスに帰れるよう運動してあげないこともないが、ゆっくり考えてみなさいと忠告される。

井上はどうしようかと思い悩みながら、古代ローマの石畳の残るアッピア街道を歩き、最終的にローマを去ることに決める。この現実的な不利益を被らないために妥協するといった選択をあえてしないで、自らの思いに誠実に生きることを選んだ決断は、井上のその後の人生の方向を決定づける大きな契機となったといえる。すなわち、それは、カトリック教会の主流からあえて外れ、険しく困難であってもあくまで自分に正直に独自な道を自ら開拓して進んでいく方向である。

遠藤が、井上を『深い河』の大津のモデルにしたのは、こうした井上の姿から来るのにちがいなかろう。大津は、神学校で哲学や神学を学びながら、東洋人の自分からするとスコラ哲学のあまりに明晰な論理には何かが見落とされているように思え、ついていけず、苦痛にさえ感じる。そして、ヨーロッパ人たちの意識的で理性的なキリスト教に違和感を感じ、そうした自分の思いを愚直に述べて先生たちから異端的と批判を受け、神父になる資格をなかなかもらえない。しかし、大津は妥協することはなく「ただ心にもない嘘をつくことだけはぼくの人生のためにも決してやるまい」という姿勢を貫く。こうした大津の人生の姿勢こそ、まさに井上の生き方を投影したものであろう。

フランスに帰る決意をした井上は、ローマ郊外の緑の濃い丘陵に囲まれた夏の家で、世界各国から来ているカルメル会の学生たちとすごしたときに、言語のもつ文化的な重みに気づかされるという次のような体験が、『余白の旅』のなかで語られている。

ある晩、月があまりに美しく、井上は独り外に出て、月の光に美しく照らされた丘陵を眺めていると、友人たちが井上を探しに出てきたので、井上は、彼らに月の美しさに見とれている自分の気持ちを説明したが、どうも最後まで伝わらず、どうして伝わらなかったかと独りベッドに入ってから考える。そして、目の水晶体に映る物理的映像は同じであっても、「あっ、月だ」と心のなかで思うとき、この「月」という言葉には、自分個人の、いやそれ以上に自分の背負っている長い文化と歴史の記憶が含まれているのではないか、和歌や俳句を想いだしたり、お月見を懐しんだりはしていなくとも、それらは何らかの形で自分の内面世界の深奥に沈殿していて、それらと全く無関係に月を眺めることはできないのではないかと考えたという体験であった。

井上は、『余白の旅』の中で、こうした異質な文化の中で異質な言語を話す文化集団の中で生きることを余儀なくされた結果、同じ文化の中で同じ言語を話す人間の間では気づきえない言語のもつ重みを気づかされざるをえなかったことが、「キリスト教と日本人」という生涯の課題へと自分を追いやるもっとも大きな要因の一つとなったと語っている。実際に井上は、この後、特に母国語がそれを話す人間の経験と思考に無意識のうちに大きな影響を与えていることからくる日本文化と西欧文化におけるもののとらえ方の相違について、言語学者、心理学者、大脳生理学者などの意見を参考に、また日本の文学者や思想家の著作に触れながら、思索を深めていくことになる。

そうしたなかで井上は、人間は理性的動物であるといったギリシャのアリストテレス以来、「我思う、故に我在り」といった近世ヨーロッパ思想の祖といわれるデカルトをはじめ、ギリシャ・ヨーロッパ文化のもののとらえ方の主流が、主客分離・対立を前提に理性を使って言語と概念によって主体が客体について知ろうとすることに重点をおいてきたことを確認する。それに対して、古事記以来の日本文化の底を流れてきたもののとらえ方が、主体も客体も共に包みこんでしまう根源的な生命力ともいうべき何かを、一番大切なものとして体験によって知ることに憧憬と努力とをはらってきたことに着目する。それによって両文化のものの認識の根本的な相違を理解するようになる。

そして、井上が神学校で身に付けるように強要されたアリストテレスの哲学を土台としたスコラ哲学によるトマスに代表される神学体系は、まさに主客対立を前提とした西欧文化のもののとらえ方に基づいて神の存在証明をしようとしたものであって、自分の外にある神、客体・対象となりうる神を考え、人間を超えた高みにある超越としての神に重点がおかれたものであった。それに対して、日本語を母国語とする井上のなかにある日本人としての文化的無意識ともいうべきもののとらえ方が、そうしたトマス神学の神のとらえ方に違和感を感じさせる。そして、司祭になるためにトマス主義者になることを強要された井上は、あたかも違う型の血液を無理に輸血されたときのように、拒絶反応を示したということであったのだと考えられる。後に、井上が日本人の心情でキリスト教をとらえなおすことに生涯をかけていく原点は、この苦しみの体験にあるといっても過言ではなかろう。

さらに、そうした神のとらえ方の相違と共に、井上が滞欧生活の中で苦しんだのは自然のとらえ方の違いであった。その問題について『余白の旅』の中で次のように述べている。

自然をあくまでも人間と対立したものとしてとらえようとするヨーロッパの伝統は、自然を神に至る道としては決して考えなかったように思う。ブリュッセのカルメル会修道院でも、葡萄畠を眺めながら祈るなどという姿勢は大体において厳しく禁止されていて、ただ一筋に内に沈潜することがたたきこまれた。養成期間にたたきこまれたこの姿勢は、何としても、私が素直に大自然の語りかけに耳を傾けようとすることを妨げていたように思うのである。

さらに、井上は当時の精神的苦悩を振り返りながら、石の建物の修道院の尖塔は葡萄畑の真中にありながら、あたりの自然を征服、睥睨して建っており、日本の神社・仏閣が自然のふところに憩うような趣で建てられているのとは対照的な姿であり、「花が咲いた／秋の日の／こころのなかに　花がさいた」という八木重吉の詩をあげて、「この八木重吉の詩に心の琴線をゆすぶられる、私の自然への憧憬は、ヨーロッパ・キリスト教の歴史の重みのもとに傷つき喘いでいた」（『キリストを運んだ男』）とも語っている。

確かに、八木重吉というキリストの道を一筋に生き抜きながら詩を書いた詩人の詩は、自然のふところに憩うような詩でありながら、自然を通しての神への信仰がうたわれている。例えば、「月」と題した次のような詩がある。

月

月にてらされると
ひとりでに遊びたくなつてくる
そつと涙をながしたり
にこにこしたりしておどりたくなる

この一見、月をうたった他愛のない子供のような詩にも、日本の宗教文芸の伝統の流れとつながりながら、キリストの道を生きる重吉の偽りのない宗教的境地が違和感なくうたわれている。禅宗では、月は真理の世界を象徴するといわれ、例えば良寛の「風は清し月はさやけしいざともに躍り明かさむ老いの名残りに」などの月にはそうした象徴的な意味もうかがえ、さらに、重吉の「月」の詩にもそうした伝統が無意識裡に継承されつつも、キリストの道を生きる重吉の求道性が象徴的に託されていると思われる。重吉は別の詩で、「みゆる光はみえぬ光へ息吹を通わせてゐる」とうたっており、キリスト者である重吉にとって、「月の光」というこの世界の自然は天から地に降り注ぐ神の恵みに通うものであったといえよう。それゆえに、その光に包まれた重吉は、母のまなざしのなかにあって安心して無心に泣いたり笑ったり遊んだりできる子供のような心境をうたい得たのであろう。そうした母の慈愛のような天からの光に包まれて幼子の心にもどっていく信仰の姿勢はキリストの道を求める重吉の特徴的な求道性である。

先に記した、井上がローマ郊外の夏の家で、月の美しさに独り外に出て、月の光に美しく照らされた丘陵にみとれたが、それを他の国の学生たちには理解してもらえなかったという心境には、この重吉の詩の世界とつながる日本人の宗教的感性があったにちがいない。井上は、そうした自らのうちなる宗教的感性が理解されず、さらにそれを抑えなければならないという修道生活に圧迫感と窒息感を強く感じ、苦しんでいたのである。

4

一九五五年の夏の終わりに、井上は自らの願いが受け入れられ、ローマを去ってベルギー国境に近い北フランスのリールの町の修道院に移る。この修道院から歩いてすぐのカトリック大学に通った滞欧生活最後の二年間は、井上にとってそれまで漠然と感じていた疑問や課題が明白な形で迫ってきた時期であり、人生で一番懸命に勉学に専心した時期であったという。

まず、井上はここで精神分析学的な見地から人間の外的行為には意志の力のおよばない広大な領域があることを学ぶことによって、自らの人間観に決定的な影響を受ける。その人間観とは、普通キリスト教倫理の立場からするなら、罪人と見なされる人たちでも、普通の人以上の哀しみと自己嫌悪を背負わされている患者でこそあれ、キリスト教的な意味での神の前での罪人であると決めつけることは決してできないという見方であった。つまり、人間の本当の価値を外面の行為によって判断することはできない、人間が人間を裁くことはできない、人間の魂の深みをのぞき見ることができるのはただ神だけだ、という人間観であった。

さらに井上は、こうした人が人を裁くことはできないという人間観から、イエスがファリサイ派に対立して、何故に生命を賭けてまで悲愛《アガペー》の姿勢を大切にしたのか、理解を深めていく。すなわち、人を外面の行為で判断し、裁き、石を投げていたのがファリサイ派の姿勢であり、それに対して、人の思いや哀しみをそのままに感じとり、受け入れる姿勢、人に石を投げない姿勢こそ、イエスが生命を賭けて大切にしたアガペーの姿勢であると、井上は確信していくのである。

そして、神のとらえ方の問題においても、明白な形で方向性が得られていく。リールのカトリック大学でたまたま東方キリスト教の神学の講義に出た井上は、初めて西方キリスト教の神学とは非常に異なったアプローチをもつ東方教会の神学に出会い、深い心の共鳴を感じる。そして、院長の特別な許可を得て、夜の祈りの終わった消灯後、中庭に面した修道院の二階の一室でウラジミール・ロースキィの『キリスト教東方の神秘思想』をむさぼるように読みふける。井上にとってこの書との出会いは、「人生で何回か出会った、精神の歓喜ともいえる体験であった」（『キリストを運んだ男』）という。西方神学の流れの主流がカタファティック（〈ことばによる〉という意味）な神学即ち肯定神学であるのに対して、東方神学の主流は、あくまでアポファティック（〈ことばによらない〉という意味）な神学即ち否定神学であった。神は決して概念によって表現しうるようなものではない、人間の理性にとっては「神聖なる暗闇」であるという東方神学の神のとらえ方は、井上の心の琴線にふれてくるものであった。

さらに、井上は、『余白の旅』の中で、東方神学における、神の本質とデュナミス（またはエネルゲイア——力または働きという意味）を区別する考え方は、井上が子供の頃からもっていた生きとし生けるものへの親近感を心によみがえらせるものであり、そこから多大な影響を受けたという。神の本質とデュナミスの関係は、太陽とそこから出る光線にたとえられる。すなわち、神の本質そのものはあくまでもこの世界を超越したものであっても、神のデュナミスは在りとし在るものすべてに浸透し、それらを支えているものであるという考え方であって、それは、自然と神とを同一視する汎神論《パンティズム》ではなく、自然も人間も神の働きのうちに生かされていて自然の中にもその神の働きを見る汎在神論《パンエンティズム》といえるものであるという。このデュナミス論に出会って井上は、大自然の語りかけに耳を傾けることを妨げるものから解放され、自然の調べのなかに浸り、そのなかにそれを超えている何かを自由に感得できるような気持ちになっていく。それによって井上は、静まりかえった夜更け、そっと窓を開けて、月の光をあびて美しい中庭を見下ろしながら、ただ自然の調べが心の琴線の調べと一つになった喜びを躊躇なく体験しえるようになり、窓外の月の光に、次のように確信する。

日本人は日本人の心情でイエスの福音をとらえなおしてもよいのだ、いや、とらえなおさなければいけないのだ。それは日本文化をイエスの福音への準備の過程としてとらえるということだ。西ヨーロッパ・キリスト教に対して東方・キリスト教があるように、日本にはまた日本・キリスト教がなければならない（中略）

（『キリストを運んだ男』）

日本を出たときには、フランスの土になってもよいとの覚悟であった井上も、ヨーロッパ文化の壁を感じはじめたリヨンの頃から次第に、日本に帰って日本の人たちにイエスの福音を伝えたいという望みをいだきはじめた。リールでこうした確信に至ったとき、大きな不安にとらわれつつも、ある方向にぐんぐんと押し進められていく自分をどうすることもできなかったという。

修道会には、まず志願期、次に修練期、その次に有期誓願の期間があり、最後に終生誓願を立てることになっている。カルメル会における有期誓願の期間は三年であり、希望すれば三回だけは一年ずつ延長できるのであるが、井上はすでに三回延長を願い出ていたため、カルメル会士として生涯を送るか、カルメル会を去るか、決断を迫られる最後の年を迎えていた。そして、七年以上暮らしたカルメル会にも未練はあり、会を出ても日本の教会が自分を受け入れてくれるかわからない状況であるため、行く末に不安を感じながらも、田舎の家で一週間を祈りのうちに過ごし、最終的に日本に帰る決心をする。そして幸いにも、東京の大司教から東京教区の神学生として受け入れる通知と、帰国の旅費とが送られてきて、一九五七年十一月の初め、七年半におよぶ滞欧での修道生活に別れを告げ、マルセイユから日本行きのフランス客船カンボジャ号に乗り込み、帰国の途につく。

井上は、『余白の旅』のなかで滞欧生活での思索を語ったあと、最後を次の描写で締めくくっている。

マルセーユの港をでた船は、数日後にはスエズ運河に入っていた。(中略)日ざしの強い太陽の照りつける甲板の手すりにつかまりながら、私は果てしなくひろがっている砂漠を眺めた。らくだが一頭、時々ふきあげる砂塵に見えかくれしながら、とぼとぼと砂漠を横切って地平線の彼方に向かって歩いていた。ときに吹きつける強風に顔をそむけながら、私はいつまでもその後ろ姿を見送っていた。

これは井上が帰国の途上について語った唯一の文章であるが、ここに描かれていのは、偶然にも前述した遠藤の「アデンまで」の最後の場面の描写と重なる情景である。七年半前は、井上も遠藤も共に四等船室の苛酷な生活をそれなりに楽しみながら、滞欧生活への期待と希望を胸にいだいての船旅であったといえようが、五年前には遠藤がヨーロッパ文化の壁にぶつかり、病に倒れ、留学継続を断念して一人孤独に帰還の途についたのと同様に、井上も、カルメル会を退会して一人孤独に帰還の途についたのである。その孤独な帰還の途上で、遠藤と五年の歳月を超えて井上は砂漠を一頭の駱駝が地平線に向かって歩くという同じ情景を心に焼き付

フランスから帰国した井上を出迎えた家族と（1957年11月30日、横浜港にて。左より、母アキ、井上、弟坦、姉悦）

けて帰国するのである。井上には、ふきあげる砂塵にも耐えて地平線に向かって歩く一頭の駱駝の姿は、孤独で大きな不安をかかえながらも彼方に向かって歩もうとする自分自身の姿と重なって映っていたにちがいなかろう。

遠藤も井上もヨーロッパ・キリスト教の本場での生活で、自分の根を下ろす魂の故郷を見出すどころか、いかにヨーロッパ・キリスト教がヨーロッパの伝統と文化に深く根ざしているかを身にしみて知らされ、その文化の壁に跳ね返されての帰国であった。それは、学位を取るなどといった何か成果をあげての晴れ晴れしい帰国というものからは程遠い、ただ苛烈な異文化体験のなかで日本人としての自分を見出し、人生をかけて取り組むべき課題を背負っての孤独な帰還であったということができる。

それぞれ一匹の孤独な駱駝に自分を重ねて帰国した二人は、再び出会うことで、道なき砂漠を同じ彼方の地平線をめざして共に歩む同志となっていくのである。

四　日本での再会から

1

井上洋治がマルセイユから乗船したカンボジャ号は、一九五七年の十一月三十日に横浜港に着き、井上は、再び帰ることはないかもしれないとの覚悟をもって離れた日本の地を七年半ぶりに踏む。正月を母のもとですごし、その後は、カトリック東京教区の神学生として東京の石神井にある神学校に入り、神学科四年に編入することになる。その正月休みに帰国早々の井上は、フランスで修道院を訪ねてくれたことへの感謝とわずかしか話のできなかったお詫びを伝えるために遠藤の家を訪ねている。

遠藤はちょうどその五年前に結核の病状悪化のため滞仏生活を二年半で切り上げ、帰国し、一年間自宅療養して、病状が回復すると、処女小説「アデンまで」（「三田文學」一九五四年十一月）にはじまり、芥川賞を受賞する「白い人」（「近代文学」一九五五年五、六月）、それに続く「黄色い人」（「群像」一九五五年十一月）等、留学体験でいっそう強く意識した日本人と西欧キリスト教との距離感をテーマにした小説の発表を続ける。なかでも「アデンまで」では、自分の根をおろす場が西欧キリスト教の精神的風土ではないことへの強烈な自覚が語られる。また、日本を舞台にした最初の小説「黄色い人」では、神を拒みながら一瞬も神を忘れることはできず、死後の神の裁きと地獄への恐怖に苦しむ一神論的精神風土が身にしみこんだ白人の棄教神父と、それと対照的に神や罪、死の問題等の悉くに対して無関心、無感覚である汎神論的風土に生きる黄色い人＝日本人が描かれる。こうした作品には、留学中の遠藤自身の頭と体とに分裂した信仰の問題、すなわち、遠藤が学んだ死後の神の裁きと罰を強調するキリスト教の教えと自分の血のなかにある日本的汎神論的感覚との対立の問題が投影され、それによってその両者の距離が冷たく凝視されている。

エッセイ「初心忘るべからず」（「群像」一九六二年七月）によれば、こうした作品を「もっとも非難したのは日本のカトリック新聞」で、「白い人」も「黄色い人」も信者や司祭から「読むべからざる作品」といわれたという。遠藤がそのなかで育ち結びついていた日本のカトリック信者たちからは、遠藤の懸命な訴えも苦悩も理解されるどころかかえって非難され、遠藤は孤立無援のなかで奮闘していたといえる。
さらに、こうした理解者のない孤立感は、一九五〇年に受洗しキリスト教作家となって活躍していた先輩作家の椎名麟三を論じた「椎名麟三論」（「文藝」一九五六年十一月）の結びにも次のように滲み出ている。

日本で基督教徒であり、しかも作家であることは困難である。なぜならば、彼の内部では一神論である基督教と、彼をとりまくすべての汎神論的な誘惑との闘いがあるからだ。（中略）このような抵抗も障碍も氏にはなかったし、その疑問さえ改宗以後の氏に全く浮かばなかったことを私はどのように解してよいかわからない。
もし我々、椎名氏の後につづく世代が、その大きなローラーの跡の地ならしをする役目ならば、私は『黄色い人』を幾度も書くより仕方がないのである。

遠藤はこの時点でも、留学以前と同じく、一神論であるキリスト教と汎神論的な日本の精神風土を対立させてとらえ、日本人である自分の根にある汎神論的な精神風土をキリスト教徒にとって誘惑として否定的にとらえ、キリスト教作家としてその誘惑と闘うことを課題としていることが理解できる。そして、翌年にはその言葉通りに「黄色い人」のテーマすなわち日本という汎神論的風土における一神論的神や罪の問題をいっそう突き詰めた長篇「海と毒薬」（「文學界」一九五七年六、八、十月）を発表する。

2

井上が遠藤を訪ね、二人が日本で再会するのは、この「海と毒薬」発表直後のことである。そこで井上は、フランスでの七年半におよぶ修行と勉強で確信に至った思いを遠藤に語っており、そのときのことを次のように述懐している。

なんとか日本人の心情で日本人の心の琴線をふるわせる――それはそのまま私自身の心の琴線をふるわせるということであるのだが――かたちでイエスの教えをとらえなおさなければ日本にはキリスト教は育つことはないということを、私は遠藤さんに懸命に訴えた。そしてそのとき、遠藤さんもまた私と同じ考え、同じ課題を背負っているのだと知ったとき、私は本当に嬉しかった。（「十五分間の語らい」）

ここで注目したいのは、井上が深い思い入れのあったカルメル会を脱会してまで帰国し、日本人である自分の根にある心情を大切にしながらイエスの福音をとらえなおすという課題に生涯をかけるという思いを遠藤に懸命に訴えたという点である。
そして、遠藤はその井上の訴えに共感して、次のように応答している。

僕たちはまだ誰も踏み入ったことのない森に入っていくようなもので、まねすればいいというような先人を持っていないんだ。自分たちの力で開拓していかなければならない。これは長い年月のかかる仕事だと思う。僕たちはただ次の世代の人たちの踏石になれればそれでいいんだ。
（『余白の旅』）

ここで遠藤が、井上の訴える自分たちの根にある日本人の心情でイエスをとらえなおすという道の必要性に共感、賛同し、自分もその道を切り拓いていく課題を共にし、先導者なき道の開拓者になろうとの決意を語っている点については、いくら強調してもし過ぎることはなかろう。というのも、この井上の訪問以前の遠藤の文学作品は、自分が教えられてきた西欧キリスト教の一神論的世界と自分の根にある日本の汎神論的風土とを対立させ、その距離感を凝視し問題にして描くことが専らであり、自らその距離を埋める道の開拓に踏み入るという方向性はなかったといえるからである。

そうした作家遠藤の姿勢について、佐藤泰正は『近代日本文学とキリスト教・試論』のなかで、「神々の子としての」「『血のざわめき』の根に降ってゆこうとはせず、却ってカトリシスムの高みからの裁断に傾きすぎる」ことを批判し、「汎神的風土より一神的世界への上昇という筋道によって自立することは出来ない。ただ、氏のいう汎神的風土そのものの、その自己の根にむかって『下降的にむかう』ことによってのみ――真の『作品』への実りが約束されるであろう」と同時代にあって遠藤の日本人とキリスト教という課題の困難さを理解しながらも、厳しく批評している。

『海と毒薬』の時点までは確かにそのような傾向にあった遠藤が、留学中に自分と同じ弱さをもちながら神に自己を捧げて厳しい信仰を生きる姿に愛情と尊敬を寄せていた井上から、まさに「自己の根」にキリスト教を根づかせるという開拓の使命に生涯を賭ける覚悟で帰国したという懸命な訴えを聞いたとき、この「自己の根」に向かう開拓に踏み入る覚悟を強くしたであろうことは、この遠藤の強い使命感のこもった言葉からうかがえよう。

それまで遠藤は、孤立無援で日本人とキリスト教という課題に手探りで取り組み、どちらかというと自分の根にある日本人の心情を、一神論のキリスト教的世界に向かおうとする際の誘惑として否定的にとらえていた。しかし、このときから大きな抵抗が起きようとも自分の根にある日本人の心情とキリスト教との距離を埋める道を開拓する同志を得たことで勇気づけられ、その課題を大胆に押し進めていく決意をもったであろうことは想像に難くない。

この決意をもつに至った時こそ、遠藤が留学中から探していた、自分の生涯を捧げるべき仕事をはっきりと自覚し、使命感を新たにした時ではなかったろうか。なぜなら、「長い年月のかかる仕事だ」「ただ次の世代の人たちの踏石になれればそれでいいんだ」と遠藤が井上に語った言葉は、この仕事に生涯を賭ける覚悟を告げており、実際にそれ以降、作家として最後に倒れるまでの四十年近く、使命感をもってこの課題に徹し抜いたのが遠藤の文学的生涯の仕事であったといえるからである。

ところで、佐藤泰正は遠藤の留学体験について夏目漱石の留学体験と比べながら、「彼もまた西欧のキリスト教が即ちキリスト教そのものだという彼らの『アイデンティティが耐えがたかった』。彼は『ヨーロッパ的普遍を相対化』しようとして闘った。これが遠藤が留学体験を通してもち帰った終生の課題であった」（『遠藤周作を読む』）と指摘している。確かに遠藤の文学的生涯を見ればその通りであるといえるが、その課題をより強く意識してもち帰ったのはむしろ井上の方であったのではなかろうか。というのも、遠藤は結核の悪化で、帰国を余儀なくされたため、留学体験を通して様々な問題とぶつかりながらも、そうした課題が未整理のままの帰国であったことが「滞仏日記」からは読み取れるからである。

それに対して井上は、西欧キリスト教は絶対ではなく、西欧人がとらえたキリスト教であって、日本人には日本人がとらえたキリスト教があるべきだという自分の「終生の課題」をもつに至ったがゆえの帰国であったということができるからである。すなわち遠藤は、この井上との再会に刺激され、もともと留学体験のなかで未整理のままもっていた課題の方向性が「終生の課題」として明確に意識化されたことによって、自らのめざす文学の方向の軌道修正を行いはじめたといえるのである。

つまり、西欧キリスト教の一神論と日本人の汎神論的精神風土との距離感を論じた初期評論にはじまり、日本人の罪意識の不在を鋭く描いた『海と毒薬』までの作品では、西欧キリスト教の精神的風土と日本人の心性との越え難い距離感を冷たく凝視することが作者の姿勢であった。しかしながら、帰国した井上と再会して以降の作品においては、そうした距離感を明らかにしていくよりも、むしろ日本人としての自分がどのようにキリスト教との距離感を埋めていくことができるかという課題に積極的に挑みはじめるのである。

その点について遠藤自らは、「座談会　神の沈黙と人間の証言」（「福音と世界」一九六六年九月）のなかで『海と毒薬』以降の心情の変化のあったことを明言しており、それに関わる遠藤の発言の内容は次の通りである。

まず、遠藤は、『海と毒薬』以降自分の気持ちの中に大分変化があったことを打ち明ける。その一つは、日本人には罪意識がないから、キリスト教は日本人の心性に対立して受け入れるのがむずかしいという形では、もはや自分はすまされないのだという思いである。だからこれからの自分は、ないのではなくあるという方向にもっていくために、どういうふうにして行くべきかというテーマを小説で書いていきたいという。日本人の心性を汎神論ということでバサッと切るというのがこの十年ぐらいの自分のやり方だったが、そこで問題となるのは、日本人の汎神論的な美意識が果してキリスト教的でないのか、さらには、西欧のキリスト教は一神論であるが、それはキリスト教そのものの一部の形態であって、一神論も汎神論も吸い上げているような形態ならば、日本人の感性に向いたものを強調してもかまわないのではないか、といった点である。これらに対して、何も結論を出したわけではなく、これから生涯かけて探究して行きたいと思っているが、自分はないないづくしにはもう耐えられない、何とか踏み石を置いて渡っていくことを今のわれわれがやらなければ、次の世代にバトンを渡せないように思う、という内容である。

これは、遠藤が『海と毒薬』発表直後に井上と再会してから八年後の発言であるが、遠藤と井上が共に同じ「日本人とキリスト教」という課題を背負っていることを知って、先導者なき道の開拓者として共に次世代の人々の踏み石となろうと決意を話し合った内容の延長線上にあり、より具体的に問題が提示されたものであるといってよかろう。

実際に遠藤はこの井上との再会直後から、井上が訴えたように日本人の心情でキリスト教をとらえなおす課題に作品の方向を転換していく。具体的には、聖書研究に取り組み、その四か月後には「聖書のなかの女性たち」(「婦人画報」五八年四月〜翌年五月)の連載を始めている。遠藤はそれまでにも女性雑誌に多くのエッセイを書いているが、それらはほとんど恋愛論であったのに対して、これは、キリスト教的感覚のない一般の日本人にキリストを伝えることを意識した最初の連載エッセイといえる。その冒頭で、聖書の様々な話は「じつはあなた自身のことを語っていたのだ」と日本人読者に呼びかけ、「様々な苦しみや迷いをもった女性たち」が人生の途上でキリストに出会ったときキリストはどうされたかを描きたい、と語る言葉からも、一般の日本人とキリスト教との距離を積極的に埋めようとする姿勢が明らかにうかがえる。

実際に遠藤は、聖書のなかの女性たちを語りながら、それを現代日本の女性の生き方の問題と重ねて述べ、人間の弱さへの共感や苦しみの連帯、母性的な神といった、その後の遠藤文学の基調となっていくテーマをすでにそこで先取りして語っている。後に単行本となったエッセイ集『聖書のなかの女性たち』（講談社版）の「あとがき」に「私の小説『哀歌』や『沈黙』を読まれた読者には、私の考えの母胎が既にこの本にあることに気づかれたと思う」とあるように、ここで語られる聖書理解には遠藤の文学作品のテーマが新たに展開してゆく萌芽を確かに見出せるのである。

これに続いて翌一九五九年には、遠藤が一般の読者に向けた最初の小説である「おバカさん」（「朝日新聞」三～八月）を連載する。遠藤はこの小説について「ドストエフスキーは彼がもっとも理想的な人間（つまりキリストにちかい男）を『白痴』という題で書きました。（中略）私も自分のキリストを『おバカさん』という同じような題で小説にした」（「愛の男女不平等について」「婦人公論」一九六四年三月、傍点原文）というように、遠藤が初めて「自分のキリスト」を描こうと試みた作品である。それは、愛が欠如し他者を信じない日本の社会に、愛と信じる心を愚直なまでに大切にして生きるガストンという主人公がやってきて、キリストが苦しむ人たちの同伴者となったように孤独な人間の苦しみにどこまでも寄り添おうとする物語である。このガストン＝キリストの姿に、日本人とキリスト教の距離を埋めようとする遠藤の文学の新たな方向を拓く試みがなされていることはまちがいなかろう。

また、このガストンについて「おれがガスさんが好きなのはね（中略）弱虫で臆病のくせに……彼は彼なりに頑張ろうとしてるからさ」「そんな弱い、臆病な男が自分の弱さを背負いながら、一生懸命美しく生きようとするのは立派だ」と述べ評価する登場人物の隆盛の言葉は、以前に言及した留学中の遠藤が井上神学生に寄せた思いと重なるものであることが読み取れよう。

さらに、遠藤文学の新たな方向は、同年三月発表の最初の切支丹小説である短篇「最後の殉教者」でも試みられている。この作品は、臆病な性格ゆえに役人の責苦で切支丹信仰を捨てることになった主人公喜助が、「みなと行くだけでもよか。もう一ぺん責苦におうて恐ろしかなら逃げ戻ってもいい、わたしを裏切ってもよかよ。だが、みなのあとを追って行くだけは行きんさい」という声を聞いて、牢獄の仲間の信徒たちのところに戻るという話であり、そこに人間の苦しみや弱さに共感する、自分の求める神の姿を示そうとしている遠藤の意図がうかがえよう。ただし、それは遠藤が当時関心を強く寄せていたル・フォールの『断頭台下の最後の女』に出てくる、臆病ゆえに離れた主人公が最後に戻ってくるという図式をそのまま使った観念的な作品であることも確かであろう。

また、「おバカさん」と同時期に純文学長篇「火山」（「文學界」一九五九年一〜十月）を連載している。ここに登場する一人一人は自己中心的で他者の苦しみを共にするアガペーの愛が欠如しており、家族や教会との関わりのなかでそれぞれ誰からも愛されることなく死んでゆく孤独な人間の姿がそこには描かれている。ただし、一神教を背負う白人神父が棄教しながらも神の裁きを恐怖する点や日本人には神の観念と罪意識が欠如していることが問題にされる点など、以前と同様に日本人とキリスト教とが対立的に語られている。

その点について、佐藤泰正が先の『近代日本文学とキリスト教・試論』で、「遠藤氏の抱く主題の困難さは、その道の孤独さを、長い忍耐を強いるであろう」と一方では理解を示しながら、その主題を「火山」のように「単なる図式的な発想（中略）の裡に昇華させるべきでは」なく、「単に神なき不毛を糾問するのみではなく、この『神なき不毛』の泥土の奥深く、自身を埋めてゆく以外はあるまい」と指摘している点は的確であろう。というのも、井上の帰国後、遠藤の文学において日本人とキリスト教との距離を埋める方向への転換があったことはここまで見たようにまちがいなかろうが、その試みはまだ観念的図式的な発想による作品としての限界があって、未だ真の「作品」への実りとまでにはなっていないことも否めないからである。遠藤が真に「自己の根」に下降的に向かわないではいられない切実さをもつには、この直後にやってくる病床体験において「死」と向き合うことが必要であったといえる。観念を越えて実人生の苦しみに裏打ちされるなかでキリスト教との距離を埋めることで自らの抜き差しならない信仰の問題となっていくのである。

3

一方、フランスで司祭となるための神学生としての勉強をほとんど終えて帰国し、東京の神学校の最終学年の神学科四年に編入した井上は、そこで二年三か月を過ごすことになるが、そこでの生活は精神的に苦しまなければならないものであった。

苦しみの一つは、日本人の心情でキリスト教をとらえなおすという課題を背負って帰国したものの、そうした分野は未開拓で、師を見つけることはおろか、司祭や神学生のなかに語り合い論じ合える友を探すことさえ困難な状況で、理解者を見出せない孤立感からくるものであった。つまり、井上の問題意識は、自己と異質なものとの強烈な出会いによる過酷な異文化体験を通して自覚されたものであり、日本において日本人の間だけで生きている者に、日本人であるという意識を問題化させることが難しく、「誰の理解もえられず、しばしば途方にくれていた」井上を、同じ強烈な異文化体験を共有する遠藤が「よく慰め、はげましてくれた」(「遠藤さんを踏み石にしなければ……」)という。井上はこうした遠藤という理解者を心強い支えとして自らの課題を一途に生涯を賭けて追い求めていくのである。

そして、井上は自分が日本人であり、日本文化の伝統のなかに生きながら、いかに日本の文化について無知であったかに気づかされていくなかで、さしあたり日本の文化を自覚するために、和辻哲郎、鈴木大拙、小林秀雄の三人を直観的に選び、その思想を追っていく決心をする。

まず、和辻の『風土』に接して、遊牧と稲作という違った風土がその民族のものの考え方の上におよぼす影響を考えるようになる。この風土の問題については、後に井上は遠藤と共に聖書の風土をめぐる旅をするが、その後もそうした旅を繰り返し、ユダヤ教の発祥の荒野の風土と、イエスの宣教の中心地の緑溢れるガリラヤ湖畔の風土との違い、そしてそれぞれの風土を背景とした宗教性の違いについて身をもって実感していくことになる。

また、和辻の『日本倫理思想史』二巻を読んで日本文化の流れを知り、特に根源的な一者を、対象的には把握しないで神々を神々たらしめる神々の根源として「神聖なる『無』」とする考え方に日本文化のルーツ、すなわち日本人である自分の根があるのではないかと気づかされ、さらに、この「神々と神聖な無」との関係は「生きとし生けるものと神聖な無」との関係であると考えるようになっていく。こうして井上は自分の根にある日本の汎神論的風土の根源にまで深く下りていくことをめざすことによって、それとキリスト教の一神論的世界とが対立するのではなく、それがイエスの福音への準備の過程としてキリスト教的世界とつながる方向性を見出していくことになる。

さらに、和辻の『古寺巡礼』から、亀井勝一郎の『大和古寺風物誌』、堀辰雄『大和路』などを読みつつ、奈良や京都を度々訪ね、ヨーロッパのカテドラルよりも日本の古寺のたたずまいに共感と郷愁をいだく思いが自分の心情の奥にあることを自覚していく。なかでも堀の「大和路」の次の一節が語りかけてくるものに、しみじみと共感をいだかせるものが自分の心の奥にあって、「これはどけようと思えばどけられるといったような種類のものではなくて、もっとどうしようもなく私の膚にも血にもしみこんでしまっているもののように思われた」（『余白の旅』）という。

戒壇院をとり囲んだ松林の中に、誰もいないのを見すますと、漸っと其処に落ちついて、僕は歩きながらいま読んできたクロオデルの戯曲のことを再び心に浮かべた。そうしてこのカトリックの詩人には、ああいう無垢な処女を神へのいけにえにするために、ああも彼女を孤独にし、ああも完全に人間性から超絶せしめ、それまで彼女をとりまいていた平和な田園生活から引き離すことがどうあっても必然だったのであろうかと考えてみた。そうしてこの戯曲の根本思想をなしているカトリック的なもの、ことにその結末における神への讃美のようなものが、この静かな松林の中で、僕にはだんだん何か異様なものにおもえて来てならなかった。（中略）

月光菩薩像。そのまえにじっと立っていると、いましがたまで木の葉のように散らばっていたさまざまな思念ごとそっくり、その白みがかった光の中に吸いこまれてゆくような気もちがせられてくる。何んという慈しみの深さ。だが、この目をほそめて合掌をしている無心そうな菩薩の像には、どこか一抹の哀愁のようなものが漂っており、それがこんなにも素直にわれわれをこの像に親しませるのだという気

がするのは、僕だけの感じであろうか。(中略)
一日じゅう、たえず人間性への神性のいどみのようなものに苦しませられていただけ、いま、この柔らかな感じの像のまえにこうして立っていると、そういうことがますます痛切に感ぜられてくるのだ。
(「大和路」)

井上は、『余白の旅』でこの文章を引用し、「理屈をこえて、私の中にはこの堀辰雄の心情に共感する部分が脈々と息づいている」と述べ、「カトリック的であるということ、あるいはキリスト教的であるということは、必然的に神性の人間性へのいどみとおののきとをともなうものなのだろうか。神性は人間性を暖かく包み、これを高揚させていくものであってもよいはずではなかろうか」との問題意識を語っている。すなわち、自然と人間を切り離し、神性と人間性を戦いとして二元対立的にとらえる西欧キリスト教思想に違和感を感じ、清々しい自然のなかで心洗われ、菩薩の慈しみ深い光に暖かく包まれて心が高められていくような、神性と人間性の関係がキリスト教にもあってよいはずで、それを求めていくことが自分の根にある日本人の心情でキリスト教をとらえなおすことであるというように問題が意識化されてきたといえよう。

ところで、第一章で触れたように、遠藤はすでに戦中の学生時代に吉満義彦の紹介でちょうど「大和路」を発表した頃の堀辰雄を訪ねて以降、堀からこうした西欧キリスト教と日本的感性といった問題意識を与えられている。そして、遠藤は処女評論「神々と神と」では、「あの方が目覚めさせて下さったあの血液、あの神々の世界への郷愁があれほど魅力があり誘惑的であったのは僕たち東洋人が神の子ではなく神々の子である故ではないでしょうか」と師である堀の影響を述べ、「『神の世界』への旅には、『神々の世界』に誘惑させられ苦しまされる事なしには行けない」と語っている。さらに、遠藤の本格的な最初の評論「堀辰雄覚書」では、堀の「大和路」の先に井上が引用したのと同じ部分を挙げて、「堀氏の裡の汎神的宗教的感情とクローデルの一神的宗教的感情の対立」を指摘し、堀が月光菩薩像に感じている魅力は「神的なものへの反逆のない汎神性の故」と批評している。こうした批評の出発点から、遠藤は堀に呼び覚まされた自分の血の中にある日本的汎神性・日本的感性の底知れない魅力を感じながらも、そうした日本的汎神性をキリスト教的一神性によって克服しなければならないものであると否定的にとらえていたといえる。

こうした初期の遠藤の姿勢に比べると、帰国後の井上が堀の「大和路」に表現されたような日本的感性の世界を肯定的にとらえ、そうした自分たち日本人の根に誠実にキリスト者として下りていこうという試みを新たに開拓しようとしていたことは明らかであろう。すなわち、井上は自分が学んできたキリスト教の一神性と自分の根にある日本的汎神性とを、以前の遠藤のように対立させるのではなかった。東方キリスト教の汎在神論や、和辻に学んだ神々の背後にある「神聖なる無」の考え方などによって、その両者が分裂しないでつながる道、言い換えれば堀の文章に共感する日本的感性に誠実であってキリスト者である道の開拓を進めていくのである。

それに対して遠藤が小説で新たに試みたのは、日本的感性とキリスト教の一神性の問題よりも、『おバカさん』のガストンのように現代の孤独な日本人に寄り添い、その苦しみを理解し共感するキリストを描くことであった。すなわち、現代日本人とキリストを結びつける道の開拓がめざされていったといえるのである。

4

そうした新たな道の開拓が模索されはじめた直後の一九六〇年、遠藤は結核再発で入院し、足掛け三年におよぶ病床生活を強いられる。死と向き合う苦しみと孤独のなかで、それを受けとめてくれるキリストを身にしみて実感したいという渇望は、より切実な課題として病床の遠藤に差し迫ったと考えられる。

遠藤は、この年の三月に井上の司祭叙階が行われると決まったときには、井上に祝いに何が欲しいかと聞いた上で司祭がミサ聖祭で使う高価な聖杯（カリス）を贈っている。中学生の一時期、本気で司祭になろうと情熱を燃やしながら挫折した遠藤が、自分と同じ弱さを背負いながらも初心を貫いて司祭になった井上に特別な思いを感じていたであろうことは想像に難くない。その銀に金のメッキを施した聖杯の底に「IN MEMORIAM P. S. ENDO」と、「パウロ・周作遠藤の記念に」というラテン語の文字を井上は刻んでもらっている。ここには、司祭になれたことを何よりも喜び、同じ志をもって生涯を賭けて共に歩もうとする遠藤のことを、井上がどれほど大切に思っているかがうかがえよう。司祭になって初めてのミサで願ったことは

司祭となり初ミサで遠藤に贈られた聖杯を掲げる
（1960年3月18日、田園調布雙葉学園聖堂にて）

神がききとどけてくださるという言い伝えを意識して、井上は初めてのミサを遠藤からの聖杯でささげながら入院中で参加できない遠藤のために祈ったという（「遠藤さんのこと――聖杯と初ミサの祈り」）。

『深い河』において、神学生の大津は自分に嘘がつけず、西欧キリスト教への違和感を上級生や先生に訴えたことで異端的と判断され、神父への叙階を何年も見送られている。実際、当時は日本人は日本人としてイエスの福音を受けとるべきで、西欧キリスト教をそのままの形で日本人に押しつけることは無理だというような考え方をもった者を司祭にしてはならないという動きもあったようで、井上神学生が神父への道から除外される可能性が当時としては極めて高かったという（「十五分間の語らい」）。また、実際にある教授から「あなたはすぐに神学校を去るべきだ」といわれたこともあったという（『余白の旅』）。そんな状況のなかで、とにかく司祭になれたことを、井上は「今でも何ともいえないある種の不思議さを感じる」（同）と述べている。そのようなことから、日本人の心情でキリスト教をとらえなおそうとする真の意味での日本人神父が誕生した意義の大きさを誰よりも強く感じて喜んだのが遠藤であったことは、まちがいなかろう。

神父になった井上は主任司祭（その教会の責任をもつ者）を助けながら働く助任司祭とし

て世田谷教会に赴任する。そして、入院中の遠藤を神父として度々病床訪問し、支えていく。ちなみに、井上神父が遠藤の病室を訪れた話は短篇「その前日」のなかにも出てくる。二度の手術に失敗した遠藤が手術死の危険性の高かった三度目の手術を明日受けるというその前日の最も不安で苦しいときに、井上が訪問していることは事実である。ただ「その前日」で描かれているユダや踏絵の話は実際にはその日にはなかったという。遠藤のエッセイ「日本とイエスの顔」によれば、実際には三度目の危険な手術を前にした遠藤の見舞にきた井上は、「しばらく私の顔を見ていたが、急に、『なア、あとのことは心配するな、もし万一のことがあっても安心して死ねよ。俺があとは引きうけるから』とポツリと言った」という。そして、三度目の手術の危険さを覚悟していた遠藤は、「この心のこもった引導わたしの言葉はじんと身にしみた。しかし私は照れて、まだ死ねるか、書きたいテーマがあるぞと答えた」という。ここには、この二人の間にいかに特別深い友情の絆があったかが明かされていよう。

また、神父としての仕事が始まった井上は、初めて道を求めて教会にきた人たちに、以前は「公教要理」と呼ばれていたキリスト教入門を教えるなかで、自分が西欧の大学や神学校で学んできた西欧カトリック神学は、日本人の心にイエスの福音を伝えるにあたってそのままでは全く役立たないことを実感し、「日本人にイエスの福音を伝えるには、イエスの福音を日本人の心情でかみくだいて自分のものとしてから、自分の日本語でそれを表現しなければ駄目であり、それこそが『日本人とキリスト教』という課題を背負った私の思索の出発点でなければならない」(『余白の旅』)との思いに至っている。

遠藤はヨーロッパ文化とぶつかり、日本人とキリスト教という自分のテーマを意識したとき、フランス文学の研究者として帰国後は大学の研究室に入り、アカデミックな方向に進むという道を断念し、自分の肉感を大事にし、自分がほんとうに身にしみて実感したことを言葉にしていく小説の道を選んだ。それと同様に、井上も日本人にイエスの福音を伝えるという自分のテーマを意識したとき、学者として学問的な方向に勉強を進めるのではなく、イエスの福音を日本人の心にとどく、実感のある日本語にかみくだいて表現することに力を注いでいくのである。

また、そうしたイエスの福音を身にしみて実感できる日本語にかみくだいて表現するという問題意識をもつ井上は、ヨーロッパの典礼の形をそのまま導入したミサ聖祭を日本人司祭として捧げるなかで、神に対する讃美と感謝と願いの心は世界で同じであっても、心の奥に溢れた気持ちを表現する行為と形は各文化によって違ってくるのがむしろ自然ではないかとの思いをいだくようになる。そして、特にラテン語の原文を直訳したミサに使用されている日本語については、「あまりにもひどいという感を禁じえない」といい、藤原定家の『毎月抄』の一節を挙げ、「ことばの使い方、表現の仕方というものをこれだけ大切にしてきた文化の伝統を受けついでいる日本人の審美観を逆なでするようなことば遣いは、日本文化を馬鹿にしているといわれても仕方がないのではなかろうか」（『余白の旅』）と厳しい言葉を述べている。

この問題については、遠藤も短篇「小さな町にて」のなかで、ミサで皆が祈りを唱える場面を描きながら、「眼をつむって私はその唱和を聞くまいとしていた。これは祈りではなかった。祈りと言うのは人間の汗や泪が感じられ、血の通い、心にしみる言葉の筈だった。日本語とも翻訳ともわからぬこの祈りは私にはただ気はずかしさを起こさせるだけだった」と痛烈な批判を語っている。遠藤も井上も、日本人の心にとどくキリスト教のあり方を真剣に求めているがゆえに、こうした同じ問題意識を共有することになったにちがいなかろう。

井上は、一九六二年には、世田谷教会を離れ、洗足教会に助任司祭として赴任する。ちょうどその年は、現代社会との対話をめざした第二バチカン公会議が、ローマでヨハネ二十三世によって開催された年であった。井上たちは教会の硬直化を痛感していたなかで、大きな期待をこの公会議に寄せていた。そうしたなかにあって井上自身は、キリスト教に入信して以来ヨーロッパで獲得してきたものと、日本人である自分の心の奥底で次第に目覚めてきたものとを、どう調和・総合させるかが自分の生涯の課題をとく鍵になるのだという思いをいだきながら、思索を深めていく。

そして、一九六三年には一般雑誌に発表する最初の論文「キリスト教の日本化」(「理想」三月号)を執筆する。そこで井上は、「横文字を縦文字になおすことにきゅうきゅうとしていた日本のキリスト教会に対して、私なりに精一杯、日本人はヨーロッパ人が受けとったそのままのキリスト教を受け入れようとすることをやめて、あくまでも日本人の心情のままで、日本人であることをやめることなしにイエスの福音を受け入れるべきであることを主張した」(『余白の旅』)が、その主張はほとんど理解を得られないばかりでなく、不評であったという。そうしたなかでそれに理解と共感を寄せたのは遠藤であったにちがいない。それは、病から回復した遠藤が、その井上の主張と呼応するように、エッセイ「私とキリスト教」(『宗教と文学』一九六三年七月)のなかで「日本人はやはり日本人として基督教の伝統も歴史も遺産も感覚もないこの日本の風土を背おって基督教を摂取していくことです」と同様の主張を結論として述べていることからもうかがえる。
そして、翌一九六四年、井上は東京の信濃町の駅前にある真生会館《しんせい》というカトリック学生センターとしての働きを担う場所に移る。ちなみに、そこは戦前には遠藤も入っていた聖フィリッポ寮（白鳩寮）と呼ばれたカトリック学生寮があった場所である。そこで井上はエッセイ「テレジアと現代日本の教会」（「世紀」七月号）を執筆し、次のようにたとえを使って自らの課題を語っている。

明治の文明開化以来、他のあらゆる制度や思想とともに日本にはいってきたキリスト教は、二千年の間、西欧文化の母胎をなしてきたキリスト教であり、西欧の文化や生活感情のうちに、完全に受肉していたキリスト教でした。しかし、私たちは好むと好まざるとにかかわらず、私たちの過去の二千年の文化の伝統をになって生きています。（中略）その意味で、西欧文化、西欧の生活感情と一体となったキリスト教を、そのままの形でとりいれてみるならば、服そのものは大変美しいものであっても、自分の身体に合わない他人の服を着てあるいているような、どこかピッタリしない感じがするのはあたりまえのことではないでしょうか。

たとえ、どのように遠まわりに見えたとしても、地味な努力の積み重ねであったとしても、キリスト教の教えを、愛を真に私たちの生活感情のうちに浸透させ、そこから生きた新しい霊性を生み出すためにすべての努力を献げること、それが私たち日本人の一人一人の信者に課せられた最も重大な使命であると、私は確信しているのです。

（『イエスのまなざし』）

ここで井上が西欧キリスト教を「自分の身体に合わない他人の服」とたとえて表現していることは注目に値しよう。このたとえは、井上が滞仏中に読んだ、ジャン・ダニエルーという、第二バチカン公会議でも活躍した当時第一級のフランスの神学者の著書『歴史の神秘に関するエッセー』に、現代人の身体にもう合わない中世キリスト教は、現代人の身体に合うように仕立て直されなければだめだというようなことが書いてあったことによるという。それをうまい表現だと感心した井上は、フランスの現代人にとってさえ、服がダブダブで合わないのなら、日本の我々に合うわけはなく、合うように仕立て直さなくては仕様がないということを強く感じたという（「風」二〇〇六年冬号）。ここで井上はそのダニエルーのたとえを借りて、「西欧文化、西欧の生活感情と一体となったキリスト教」を

「自分の身体に合わない他人の服」と表現し、その服を日本人の生活感情のうちに浸透させることによって、日本人である自分の身体に合った服にするという努力こそ、日本人キリスト者として最も重大な使命であると述べる。それは、井上自らの使命を明確に自覚し、わかりやすく表現しているといえよう。

そして遠藤自身も、この三年後のエッセイ「私の文学」（一九六七年一月）のなかで西欧キリスト教を自分の背丈に合わぬ「洋服」と表現し、「洋服」が衣服の全てではなく「日本人の体にあった和服」もまたキリスト教をはずれないと主張する。そして同年十二月のエッセイ「合わない洋服——何のために小説を書くか」（「新潮」）では、キリスト教を母から着せられた「ダブダブの洋服」といい、「私はこの洋服を自分に合わせる和服にしようと思ったのである。それは人間は沢山のことで生きることはできず、一つのことを生涯、生きるべきだと知ったから」と語り、「このことは私だけの文学だ」と自らの文学的使命を表明している。このように井上が西欧キリスト教を「自分の身体に合わない他人の服」にたとえた表現を受けて、遠藤も自分の生涯を捧げるべき仕事を明確に自覚し、その使命を語っていくのである。

帰国した井上が遠藤と再会した際に、日本人とキリスト教という同じ課題を背負って先導者のいない未知なる世界を自分たちの力で開拓していこうと決意を語った二人は、それぞれの道における進むべき方向が同じであることが、こうした共通の表現によって明確に意識される。日本人である自分の根に下りながら、西欧キリスト教というダブダブの洋服を、自分たちの身体に合うように仕立て直すという路線の方向で、これ以降、次世代の踏み石になる使命感をもって一途に開拓が進められていくのである。

五　相交わる道

1

遠藤周作は『沈黙』執筆の真っ最中の一九六五年四月、井上洋治神父と三浦朱門と共に『沈黙』の取材のため、レンタカーを借りて三浦の運転で、長崎から口之津、加津佐、原城、島原などの海に面した切支丹の殉教地をめぐる旅をしている。遠藤は、その思い出を、「真白な砂浜に三人でねころび、貝をひろった。山のなかの無人の教会に窓から押し入って神父がミサをたて、三浦と私とが跪いてそれを聴いた」（「日本とイエスの顔」）と懐かしげに語っている。この「山のなかの無人の教会」は、福田港の裏山を登った所にある小さな教会で、『沈黙』でロドリゴが山中を放浪する描写に使われている。三浦も、この旅を忘れ難い思い出として語るなかで、同じく「日曜日には、たまたま見つけた教会で井上神父にミサをたててもらった」という「無人の教会」でのミサに触れて、「ミサをたてるときの井上神父は堂々としていて、先程まで冗談を言っていた友人とは思えなかった。私は彼の前に膝をつきながら、『キリストの弟子というのはこのことか』と思ったのであった」との感慨を述べ、さらに、美しい海を見下ろし、桜並木をぬけ、緑の麦畑と黄の菜の花畑の間を走っていたときに遠藤が井上神父に言ったという次の言葉を伝えている。

「お前なあ、こういう道をだなあ、神父を先頭に、キリシタンの信者たちがお城に引きたてられていく。泣いているヤツ。怒っているヤツ。ふるえているヤツ。その後ろからなあ、ウソつき臭作という男がな、ついてきよんね。臭作はキリシタン調べの時、すすんで踏絵をして、十字架にしよんべんかけたヤツや。ところがな、親子兄弟、友人全部、引きたてられると、この臭作、気がとがめて、引きたてられてゆく連中のうしろを見えかくれについてゆくわけよ」「役人がチラと後ろを見ようものなら、臭作はガバと菜の花畑につっ伏してかくれるもんだから、顔は埃だらけ。そこに涙やら、鼻汁やらがまじってるから、キナコ餅みたいな顔になっとる。なあ、井上よ、お前なあ、こういう信者のための神父になってくれよ」

（「井上神父のこと」）

この踏絵を踏んだ臭作とは、遠藤が執筆中の『沈黙』において弱さゆえに何度も踏絵を踏むキチジローそのものであり、遠藤自らキチジローは自分だというように、遠藤自身とも重なろう。遠藤は、司祭となって立派にミサを捧げるようになった井上神父に、弱さゆえに躓き、誰からも相手にされないで苦しんでいる孤独なキチジローのような弱者を見捨てないで、その心の痛みに共感し寄りそうことのできる神父になってほしいと切実な思いで訴えている。これはそのまま遠藤が執筆中の『沈黙』において主人公の若い司祭ロドリゴとキチジローとの関係を通して訴えたい思いでもあったにちがいなかろう。

『沈黙』執筆のために長崎をめぐる遠藤の取材の旅に同行する井上（1965 年 4 月、口之津にて）

　そして、三浦は、「遠藤周作の『沈黙』という小説を支える柱の一つは、井上神父をはじめとする、内外の聖職者たちとの交友の結果、うまれてきたものだと、私は信じている」（同）と、遠藤の近くにいた友人として証言しており、また遠藤自身も当時の井上神父との交流について「日本人と基督教という命題は彼の生涯のテーマで、私も『沈黙』を書いた前後、よく論じあったものである」（「日本人司祭・井上洋治」）と明言している。

そうした長崎の旅から一年後の一九六六年三月、長く苦しかった病床から復帰できた遠藤が「この小説を書きあげることが出来たら、もう死んでもいい」「自分の過半生をすべて打ち明けなければならない」（「沈黙の声」）という覚悟で初めて書き下ろした長篇『沈黙』を刊行する。それは遠藤が「自己の根」に下降することで日本人の生活感情に受肉したイエス像を描いた最初の結実であり、換言すれば西欧キリスト教というダブダブの洋服を日本人である自分の身体に合わせる試みの第一作である。そこでは主人公の司祭ロドリゴの心のなかで、弱いものを裁く父性的な雄々しいキリストの顔が、最後には苦しむ者と共に苦しむ母性的なキリストの顔に変容し、ロドリゴ自身もキチジローのように殉教できない弱者の苦しみを共にする「最後の切支丹司祭」になってゆくのである。

ところで、『沈黙』は刊行されると、一般の読者には大きな感動をよんでベストセラーになるが、教会内では強烈な反発が起こる。教会が教会史上の汚点として扱ってきた背教者を取り上げ、その背教を肯定しているかにとれる点が問題視され、一部の教会では禁書扱いされるなどの批判を受け、上智大学では『沈黙』をめぐっての公開討論会が行われ、遠藤はただ一人で批判的な神父ら多数を相手に懸命に論戦した。

2

一方、井上神父は『沈黙』が世に問われた直後の一九六六年五月、日野市にある豊田教会に初めて主任司祭となって移り住む。後年、井上神父は、教会内で『沈黙』への反発が強く孤立無援で悪戦苦闘していたときに加勢してほしかったと遠藤にいわれるが、まだ発言力などない若い田舎司祭の身にはどうしようもできなかったともらしている。ただし、『沈黙』の批判の的になったロドリゴの踏絵の場面は新約聖書に描かれたペトロの裏切りの場面と重なる聖書に基づいたものであり、井上神父には問題があるとは思えなかった。それゆえ井上神父にとって、『沈黙』に対するカトリック教会の反発は、しっかりと聖書の研究をしておかなければならないとの思いを強め、神学校のときから行っていた聖書の研究をさらに本格的に進めてゆく契機となった。

イスラエル巡礼、ゲツセマネの園にて（1970年4月18日、前列左より、遠藤、井上、矢代静一・和子夫妻、阪田寛夫、遠藤順子夫人）

遠藤も『沈黙』でとらえた母性的なイエス像が作家の個人的な主観によるものではないのかという批評に対して、そのイエス像が新約聖書そのものに基づくものであることを裏付けるために、本格的に聖書研究を開始し、翌一九六七年から「聖書物語」を五年にわたって連載する（「波」）。一九七〇年には遠藤は、四年間いた豊田の教会を去って石神井の神学校に神学生のモデラトール（指導係）として赴任したばかりの井上神父と、前年に受洗した矢代静一、阪田寛夫をさそって、長篇小説の取材のためにイエスの足跡を訪ねるイスラエル巡礼の旅に赴く。遠藤はこの前後、度々イスラエルを取材し、そうした体験を踏まえて、翌年にはエッセイ「ガンジス河とユダの荒野」のなかで、ユダの荒野に立つと、神が怒り、裁き、罰することを教える旧約聖書的な父の宗教と自分との隔たりを感じないではいられず、ガリラヤ湖畔の花に埋もれる柔和なやさしい風景のなかで育ったイエスが死海のほとりの荒涼たるユダの荒野に来て、自分と同じような違和感を感じなかったとは思えないと述べている。ガリラヤ湖畔の丘でイエスが説いたのは母のように愛し、許し、共に苦しんでくれる神であり、そこには母の宗教が強調されており、「荒野を歩いたあと、旅人はこのガリラヤに来て初めて、イエスの教えが父の宗教ではなく、父の宗教と共に母の宗教をあわせもった両親の宗教だったと気づくのである」とイスラエル巡礼で得た実感に基づいて語っている。井上神父もこの実感を遠藤との イスラエルの旅で得たにちがいなく、これを皮切りに幾度もイスラエルを訪ねている。こうした体験をもとに、ユダヤ教もキリスト教も一括りに砂漠の宗教と受け取っている多くの日本人に対して、ユダヤ教は確かに父性の象徴でもある砂漠を背景とする宗教であるが、それとは対照的にキリスト教は母性の象徴でもある命溢れる湖を背景とする宗教であるという両者の風土の違いに注目する視点を、自らのイエス像の探求において強調してゆく。

一九七三年には遠藤は、日本人が実感をもつことができるイエス像の探究の結実として、永遠の同伴者イエスの姿を鮮烈に描いた小説『死海のほとり』、およびその創作ノートともいえる「聖書物語」を改稿して聖書研究の成果を踏まえた評伝『イエスの生涯』を刊行する。遠藤は対談『人生の同伴者』のなかでこの小説『死海のほとり』に関して「文壇ではよく読んでもらえなかった」と不満をもらしつつ、「作者としてはあれは大事な作品で、ひとつの礎石」であると語っている。遠藤自身、この作品のもつ「ひとつの礎石」としての重い意味を最も良く理解してくれるのは同じ課題を背負う井上神父だと思っていたにちがいなく、後にこの両作品が新潮文庫から出るとき、どちらの「解説」も井上神父に依頼している。井上はそこで、イエスの福音が「母性的文化に受け入れられれば、そこでは母性的・キリスト教がうまれてくるはずで」「その意味で『死海のほとり』は、まさに画期的な作品であり、『イエスの生涯』とならんで、遠藤の名をたんに日本文学史上のみならず、日本キリスト教史上にも残す作品といえ」「明白に遠藤氏は、『永遠の同伴者』としてのイエス像を世に示した」と評価している。

3

一方、井上神父は一九七三年には、神学校の神学生のモデラトールの役が三年で任期を終えたのを機に、日本人の心情でイエスの福音をとらえる道の開拓を課題として二十年近く一途に歩んできたなかで形をなしてきた思索を原稿にまとめる作業を始めることをめざし、専ら教会外の人々にイエスの福音を伝える活動に従事したいとの思いを東京教区の上司である大司教に訴え、許可をえる。また、老衰の時期を迎えた母アキの近くに住んで最期をみとりたいとの思いもあって、中目黒にあるフランシスコ会の修道院に寄宿し、八月に母を天に送る。そして、白百合女子大学や聖心女子大学の非常勤講師などをしながら、翌年の秋には原稿を仕上げている。そして一九七六年三月、キリスト教の専門ではない一般の出版社から出して一般の日本の人たちに読んでもらいたいという井上神父の意向を受けて遠藤が紹介した北洋社からその原稿は刊行される。題は、当初井上神父が付けていた「日本におけるイエスの顔」は長いということから『日本とイエスの顔』となった。この本には遠藤、矢代静一、三浦朱門の跋文が掲載されており、そこで遠藤は「日本人司祭・井上洋治」と題して次のように語っている。

日本人と基督教という命題は彼の生涯のテーマで、私も『沈黙』を書いた前後、よく論じあったものである。彼は日本の仏教者についてもふかい理解を示し、芭蕉や西行に心ひかれる日本人の神父である。その日本人としての血と基督教の信仰がどう調和するかを彼はその頃から口に出していたが、それを遂にこの一本に結実させたにちがいない。

彼を見ると私は本当の意味で日本人の司祭という気がする。西欧からのかりものの教義やかりものの智識で語る神父ではなく、日本人として基督教をおのれの歯でかみくだいた日本人の神父なのである。


ここで遠藤は、西欧キリスト教の信仰の形を普遍とみなし絶対的なものとする姿勢と戦いながら、それを相対化し、日本人の心情に根ざしたキリスト教の信仰の形を提示した井上神父の姿を「本当の意味で日本人の司祭」であると評しているといえよう。

さらにこれに続いて、遠藤は、文壇の友人に井上神父を紹介し、神父の何ともいえぬ暖かみと信仰とが友人たちに好かれるのを見て、嬉しかったと述べ、その友人として三浦矢代をはじめ、瀬戸内晴美（のちの寂聴）、河上徹太郎、高橋たか子の名を挙げている。高橋たか子は前年の一九七五年に井上神父から洗礼を受けており、この年も大原富枝が同じく井上神父から受洗する。また、後に河上の葬儀は井上神父の司式で行われる。さらに遠藤はエッセイ「次々と友人が受洗するのを見て」（「波」一九七七年一月）でもその点に触れ

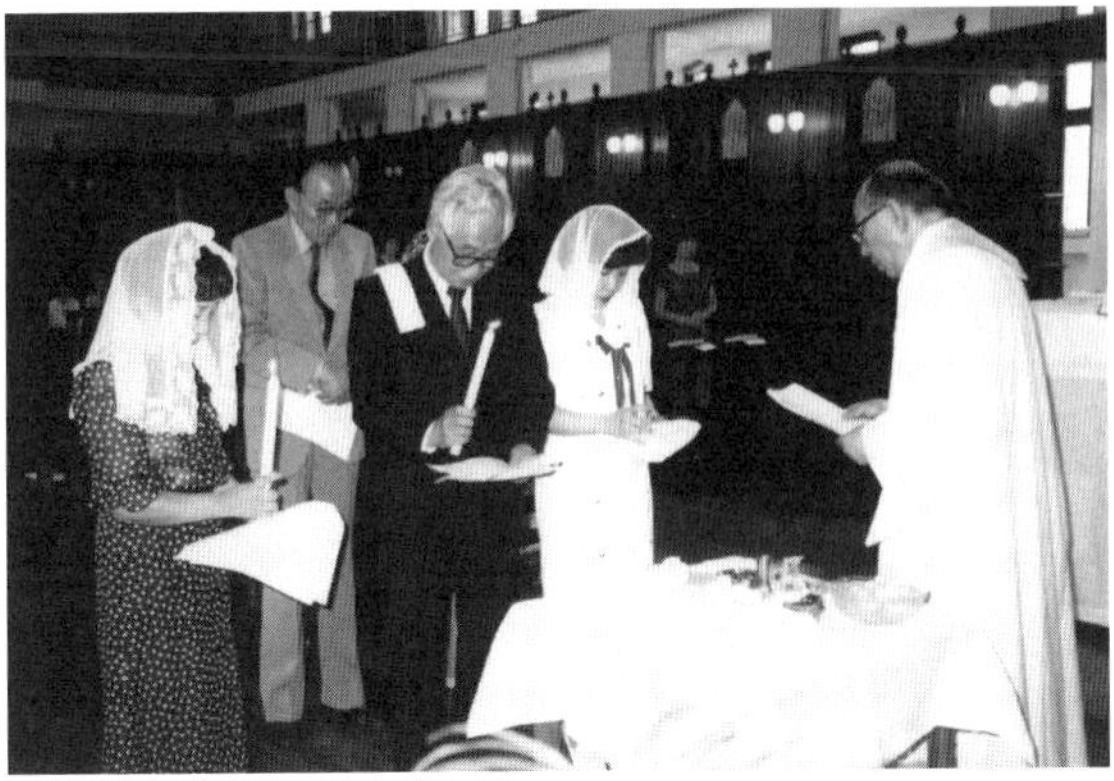

安岡章太郎一家の洗礼式を司式する井上神父と代父の遠藤周作（1988年6月18日、聖心女子学院聖堂にて）

て、自分が小説を書きはじめた頃、文壇には基督教の信者はほとんどいなかったことを想い、感無量であるといい、また、安岡章太郎が酔余の言葉で、「死ぬ時カトリックになるかもしれぬ」ともらしたことを伝えている。実際に安岡は、後の一九八八年に遠藤を代父（洗礼式に立会い、証人となる役割の者）に井上神父から受洗している。このように日本の文壇内で遠藤が孤立したキリスト教作家であったときと比べ、キリスト教に理解のある者や、さらには受洗する作家が少なくないという状況になった要因として遠藤と井上神父の二人の存在が極めて大きかったことはまちがいなかろう。

遠藤は、一九七六年七月には一般向けの新書『私のイエス――日本人のための聖書入門』を刊行し、その結びに「もっとキリスト教を知りたい人に」との見出しで、井上神父の『日本とイエスの顔』を薦めている。また、遠藤は、同年十月にはカトリックの文芸評論家武田友寿を編集長に自身も編集顧問に名を連ねる、キリスト者とその理解者の文学者たちが結集した文芸雑誌「季刊 創造」の創刊号に、井上神父の著書と同名のエッセイ「日本とイエスの顔」を発表する。遠藤はそこで小説家として自分が書かずにはいられない気持ちから書いた作品が従来の神学に背き、神父や信徒を傷つけることにうしろめたさと負い目を感じていた思いを告白した後、二十数年におよぶ井上神父との歩みを次のように述懐していることは注目されよう。

そんな私にとって、井上神父のこの『日本とイエスの顔』は大きな慰めとなる。強い支えとなる。（中略）少くとも私は自分の『沈黙』や『死海のほとり』『イエスの生涯』の裏づけとなる神学的理論をこの本の随所に見出すことができるのだ。彼と私とが登ってきた路は神学と文学という違った路であったがあの仏蘭西に向う船の四等船室ではじめて顔をあわせてから二十数年、相似たもの、相交るものをいつの間にか持てたような気がするのだ。この本を読みながら私がガラにもなく、感傷的になったのはそんな理由のためである。

ここには、苛烈な異文化体験を終えて帰国した井上と再会した遠藤が、二人で日本人の心情でキリスト教をとらえなおすという同じテーマを背負って、「長い年月のかかる仕事」であることを覚悟し、先導者なき道の開拓者となる決意を語り合って以来、二十年あまり互いによくここまでそれぞれ道を切り拓き、相交わるまでに至ったという感慨が込められていよう。そしてここからも、「自己の根」に下降することで日本における神学の道を開拓してきた井上神父の働きを、同じ課題を背負って文学の道で孤独な登攀《とうはん》を試みてきた遠藤がいかに支えとし、慰めとしていたか、理解されるのである。

井上神父は、『日本とイエスの顔』を世に問うた一九七六年には、遠藤が学生時代に寄宿していた聖フィリッポ寮の跡に戦後建てられたカトリック学生会館である真生会館の理事長に任命され、三年寄宿したフランシコ会の修道院を出て、文京区関口にある東京カトリックセンターに移る。『日本とイエスの顔』は、遠藤の『沈黙』がキリスト教を扱った本は余り売れないという出版界の常識を覆して遠藤自身も驚くほどの読者を獲得したのと同様に、キリスト教の聖職者が書いた宗教的な本としては稀有なほどに多くの一般読者に読まれ、版を重ねる。それは、両者が日本人である「自分の根」に深く下降することによ

井上洋治『私の中のキリスト』出版記念会（1978年11月13日、左より遠藤、矢代、平田精耕、井上）

ってキリスト教を自分のものとしてとらえかみくだいた神学であり、文学であったゆえに、キリスト教に接しながら違和感をもっていた人たちはもちろんのこと、同じ日本人としての根をもつ一般の読者にも、共感を呼ぶものがあったからにちがいなかろう。そうした中で、新宿の朝日カルチャーセンターからも講師の依頼があり、それから長年にわたりそうした場で聖書講座を行うなど、著作や聖書講座などを通して一般の日本の多くの人たちにイエスの福音を伝えてゆく。

また、井上神父は、「季刊 創造」の第三号（七七年四月）に「同伴者イエス——遠藤周作のイエス観」を発表し、「同伴者イエス」およびそれと分かち難く結ばれている「無力なるイエス」と「母なる神」という遠藤文学の根幹をなすイエス観を取り上げて、「母なる神」が「正統的信仰の破壊」であるという江藤淳の論（『成熟と喪失』）に反駁し、遠藤のイエス観がいかに聖書的に裏づけられる主張であるかを論証することで、『沈黙』発表当時にはできなかった遠藤文学への援護射撃を行うのである。

その後、井上神父は、一九七八年には『日本とイエスの顔』を日本人の心に響くようにさらにかみくだきわかりやすくした『私の中のキリスト』を刊行し、七九年には対談集『ざっくばらん神父と13人』、そして八〇年にはそれまでの思索と人生を語る『余白の旅――思索のあと』を刊行する。その最終章では、日本人である「自分の根」にさらに深く降りることで探りあてた神学、すなわち生きとし生けるもの、「生きとし生けるものの余白」の力によって生かされ、それぞれの場をえさしめられており、その余白を、神の愛の息吹《プネウマ》が吹きぬける場であると受けとめる日本文化に根ざした聖霊論を展開した神学が提示されている。

遠藤は、この著書について「わが〝戦友〟へ――『余白の旅』を読んで」と題した書評を書き、そこで次のように語っている。

著者も私も共に日本人には縁遠い基督教の信者である。著者も私も共に仏蘭西留学以来、西洋的な感覚にあまりに長くまぶされた基督教を、いかに日本人である自分に引きつけるか、悪戦苦闘してきた。失敗し、挫折し、時には同じ信者や基督教の聖職者たちから批判と非難を受けながら、しかしこれを自分の使命と信じて仕事をしてきた。そういう意味でこの著者は私の「戦友」でもあった。

ここで遠藤が井上神父を、あまりに西洋的なキリスト教を絶対視する姿勢に対して、キリスト教を日本人である自分に引きつけることを使命と信じて共に戦ってきた「戦友」と呼んでいることの意味は重かろう。そして、遠藤はこの書評を、「それにしても私は感動し、この戦友の三十年にわたる苦闘に脱帽した。彼がいたためにこの私はどれほど力づけられ、どれほど励まされてきたことか」との言葉で結んでいる。

それから井上神父は、一九八一年には、それまでのエッセイを集めた『イエスのまなざし――日本人とキリスト教』、祈りの姿を忘れた現代人にわかりやすく新約聖書の心を語る『愛をみつける――新約聖書のこころ』、八二年には一人でも多くの日本人にイエスの真の魅力を伝えたいとの願いで書かれた『新約聖書のイエス像』と相次いで刊行し、文章による一般の日本人への伝道を盛んに行ってゆく。また、一九八三年には『個の神学』

から『場の神学』へ」（「布教」七月）を発表し、個と対立の意識の強い西欧文化の「個の神学」に対して、場と調和の考え方を基底とする日本文化には「場の神学」の生まれることが必然であると主張する。

この井上神父の「場の神学」については、日本的霊性に根ざすキリスト教の探究をライフワークにする哲学者の小野寺功が「吉満義彦と遠藤周作をめぐって」（『評論　賢治・幾多郎・大拙――大地の文学』）のなかで次のような評価を、遠藤の言葉も挙げて述べていることは注目に値しよう。

井上は、このような立場をふまえて『余白の旅』で語られているような長い探究の末、ついに「無の神学」ないしは「個の神学から場の神学へ」という、日本の神学の確かな足場を築いた。これはカトリックのみならず、日本の神学思想史にとっても画期的意義をもつものである。遠藤もまたこのことを認めて、「彼はおそらく日本の基督教界ではかなりユニークな神学を作るに至った」（『日本経済新聞』一九八六年八月一〇日）と、深い共感をこめて紹介している。

4

一方、遠藤も井上神父の精神的自叙伝と言える『余白の旅』刊行の同年に、支倉常長をモデルに自分の半生を投影した内的自叙伝ともいうべき小説『侍』を刊行し、そのなかで場と和を重んじる日本の精神風土を背負った主人公の「侍」と、個と対立の意識の強い西洋人の典型ともいうべきベラスコ神父とを対照させ、その「侍」が日本人である自分の心情に根ざすイエス像を見出してゆく姿を描いている。この点について佐藤泰正が「〈侍〉という、自分の土地を守ること、家を守ることだけが絶対であるような日本人のなかのいちばん堅い心の岩という岩盤に、ひそかに深くキリストの恵みが、愛が浸透する」（『人生の同伴者』）と指摘するように、ここでキリスト教と縁遠かった場と和を重んじる日本人の心の深奥にもとどくイエス像が文学的にも高い完成度で表現されるのである。

そして、翌年には遠藤は遠山一行、慶子夫妻をはじめとする音楽家、芸術家、文学者、また井上神父たち宗教家や学者らと共に日本キリスト教芸術センターを設立し、そこでキリスト教、仏教、心理学等様々な分野の専門家を呼んで勉強会を行う。そのなかで井上神父は場の神学や東方キリスト教の神学について講話している。その神学に対して遠藤が強

日本キリスト教芸術センターの集いで

い関心を寄せていることは、当時の日記「ひとつの小説ができるまでの忘備ノート」（「三田文學」二〇〇一年十一月）に、「井上の場の論理」という言葉や、「井上の人間」のとらえ方として「神という場」の大海に浮かぶ「井上の言う底のぬけた樽」の図などが描かれていることからもうかがえる。

さらに、その日記のなかで、「私と井上のちがい」といって、「井上は仏教で言えば密教なり。私は浄土真宗なり。井上のなかにある『自然のなかに大いなる生命をみる感興』は、私には井上ほど強烈でない」（八二年六月一日）と記していることは注目されよう。これは、遠藤も井上神父も日本人として「自分の根」に深く降りることで得た信仰という点でその母性的性格など共通点が多くあるが、どこを強調するかという点であえて両者の相違を日本人の心に深く根づいた仏教の宗派にたとえていえば、密教と浄土真宗の違いになるということであろう。すなわち、井上神父は、個の意識の強いヨーロッパの精神風土にとけこめなかった自分の実感について「私だって一輪の花だって一頭の馬だって、みんなもっと大きな何かに支えられ生かされているので、それぞれが完結した個体ではなくして、みんな同じ大海にうかんでいる底のぬけた樽みたいなもので、大自然の生命の海にうかんでいるという体感なのです」(『人はなぜ生きるか』)と語っているように、生きとし生けるものも自分と同じ神の場すなわち大いなる生命の海に支えられ生かされているという自然観を強くもっている。西行や芭蕉に惹かれ、自然に親近感を強くもつ井上神父は、そうした神の場として自然のなかに大いなる生命を見る自然観を、新約聖書の中のイエスやパウロの言葉からも見出せることを強調している。その点で、仏教のなかでいえば万物の根元である法身仏を説く密教に近いということであるのだろう。

一方、遠藤自身は、どんな弱い者も罪深い者も受け入れてくれる母性的な愛とゆるしの神に任せるという性格が強調される点で、絶対他力の信を説く浄土真宗的性格が強いということであるのだろう。ちなみに、遠藤のキリスト教理解が浄土真宗に近いという評家の指摘は『沈黙』発表以来しばしばなされており、例えば、司馬遼太郎は遠藤のカトリック信仰を「カトリック浄土」と呼び、「それでなければ日本に定着をしないんだと思うほどに、われわれは浄土教的」であると語っている(「浄土教と遠藤周作」)。こうした遠藤と井上神父のキリスト教理解の強調点の違いは、その後の歩みのなかで、それがむしろ互いに影響を与え合うことによって、より日本人の心に深く根ざす信仰の道を切り拓いてゆくことになる。

そして、遠藤は一九八三年には無意識と宗教の問題を中心に論じた「宗教と文学の谷間で」の連載（「新潮」十月〜翌年十一月）をはじめ、さらに一般向けに自分の信仰を語った『私にとって神とは』（光文社）を刊行する。そこで遠藤は「神の存在は対象として見るのではなくて、その働きによってそれを感じる」ことが大切で、「自分の人生を単独な自分のみの人生と考えないで、父親、母親をはじめいろいろな人を合わせた総合体としての場で自分が成立している」ととらえ、その「私を存立させる場」に神の働きを感じると述べている。また、「自分の人生を大きな海と考えるならば、その海の中で私は何かに支えられていた」、その「私の人生を包んでくれるものが神だという感じ」があって、そこに「私にとっての聖霊の働き」があると語っている。

こうした遠藤の神や聖霊の理解について、「井上洋治神父の風《プネウマ》の神学ないし場の神学の立場と深く通底するものである」と小野寺功が指摘しているように（「吉満義彦と遠藤周作をめぐって」）、井上神父の「場の神学」を学んだことの影響があることは確かであろう。

また一方で、井上神父は一九八六年には真生会館理事長を辞し、東京大司教の同意を得て、東中野のマンションの一室に移り、次の趣意書を掲げて「風《プネウマ》の家」を創立する。

ヨーロッパの芸術作品にみられるイエスの顔には、それぞれの時代の人たちの哀しみと希望と願いとがこめられているのだときいています。(中略)

ひるがえって日本のキリスト教の現状を振り返ってみると、残念ながら私たちは、ヨーロッパからの借り物の〝イエスの顔〟しか持っていないと思うのです。それは私たちの切実な思いのこもった顔ではありませんから、私たち日本人の心の琴線にふれないのは当然のことだと思われます。

日本人の心の琴線にふれる〝イエスの顔〟をさがして、一人でも多くの日本の人たちに、イエスの福音のよろこびを知ってほしい、そう願って、この「風の家」をはじめました。

聖なる風《プネウマ》の吹くままに、将来の日本のキリスト教のための、一つの踏石になればと願っています。

(『風のなかの想い――キリスト教の文化内開花の試み』)

日本キリスト教芸術センターで井上神父の還暦と遠藤周作の名誉博士のお祝いに仮装（1987年、左より井上、遠藤）

ここには、二十八年前に井上神父が帰国して遠藤と再会したときに遠藤と共にした決意がそのまま持続されていることが証しされていよう。そして、井上神父はこの「風の家」の機関誌「風《プネウマ》」を中心に執筆による宣教にますます力を注ぎ、一九八七年にはユダヤ教から原始キリスト教会を独立させたパウロの生涯を描いた『キリストを運んだ男』、八八年には賢治・芭蕉・西行・良寛とイエスの生き方を語る『まことの自分を生きる——イエスと日本人の心』、八九年には「リジューのテレーズをめぐって」をはじめ「風」に連載したエッセイを集めた『風のなかの想い——キリスト教の文化内開花の試み』（共著）、「風の家」での若い人たちとの勉強会から生まれた『キリスト教がよくわかる本』、九一年には牧師で文芸評論家の佐古純一郎とパウロの信仰と伝道の生涯を語り合う『パウロを語る』（対談）、九二年にはイエスをめぐる七人の女性の話をはじめとするエッセイ集『イエスをめぐる女性たち』、九三年には母性社会日本における福音伝道の在り方を探るエッセイ集『イエスへの旅』、九四年にはＮＨＫラジオ「宗教の時間」に放送された「福音書をよむ」のガイドブックをもとにした『福音書をよむ旅』、九六年にはペトロの生涯を通してイエスの真の姿を追求する『イエスに魅せられた男――ペトロの生涯』等、次々と著作を発表しながら、若い人たちとの勉強会、黙想会なども行い、次の世代のための踏み石となることをめざして活発に活動する。

ところで、井上神父がこの「風の家」を始める決意をしたのは、京都の知恩院での講話を頼まれ、法然上人を慕う気持ちを話し終わった後、死刑に処せられることがあっても専修念仏をやめるわけにはいかないといって七十五歳の高齢で四国に流されていった法然上人の後ろ姿を想ったときであった。その時、たとえどのような反対がおころうとも、旧約で強調される怒りと審きと恐怖の父性原理の強い神観の否定、超克のうえに、母性原理の強い暖かなアッバの腕の中での安らぎと喜びの福音を死を覚悟して宣教された師イエスの姿と教えを、日本の一人でも多くの人にわかってもらうための運動の旗揚げをする覚悟を決めたという（『南無の心に生きる』）。そして、思い切って「風の家」を始めたことで、長い間の呪縛が解かれたように、井上神父の心の奥に安らぎが広がり、生きとし生けるものとの交感がよみがえり、今まで押さえ込まれていた詩心が一気に吹き出し、多くの詩や童謡、さらに童話が生まれる。それらは「風」に連載され、一九九六年には童話集『小雀健チャン物語』、九七年には最初の詩集『風の薫り』が刊行されるのである。

井上神父の文章は、こうした詩や童話にかぎらず、『日本とイエスの顔』に始まる宗教書として書かれた文章も文学性の豊かな点に特徴があるといえる。この点について井上神父とも親交の深い作家の木崎さと子は、「この文章の在り方は、宗教書というより文学に近い。ここではからずも、日本人には文学が宗教の代わりを果たしてきた、という誰かの言を思い出すのだが、逆にいえば、文学と思えるほど、こなれた言葉になって初めて、その宗教が真に生きられた、と言えるのだろう」と、井上神父の『南無の心に生きる』の書評（「ちくま」第三八四号）で指摘している。もちろん、井上神父が最初から文学性をめざしたというよりも、遠藤が「小説で心から浮きあがった神学など書けない。文章やイメージで、その嘘がにじみでます」（「人生の同伴者」）と言い、教義や理念よりもほんとうに身にしみて実感したことだけを表現するのと同様の意味での文学性であろう。すなわち、井上神父が教義や神学的な事項でも自分で心から実感できるものにかみくだき、自ら等身大の言葉で誠実に語ろうと努めることから生じる文学性であるといえるのである。

六　魂の故郷への帰還

1

遠藤周作は『侍』を書き上げた直後の一九八〇年から健康の不調が続き、老いと死を意識する苦しみのなかで綴っている「日記」の一九八二年二月二十五日に、次の祈りを記している。

私の祈り

主よ、母があなたを信じましたので、私も母に賭けます。
兄があなたを信じようとして死んだのですから、私も兄に見ならいます。
ロビンヌ夫人があなたを信じたのだから、私は夫人に賭けます。

暁子さんがあなたを信じたのだから私は暁子さんに賭けます。
井上洋治があなたのため生きたのですから私は井上に賭けます。
私を愛してくれた人々は常にあなたを信じている人でした。だからあなたぬきで私の人生はなかったといえます。私に力をかしてください。

この祈りに登場する最初の四人を遠藤が自らの信仰と人生においてどれほど大切に思っているかは、「暁子さんのお写真を御令息におねだりして亡き母、亡き兄、そして仏蘭西で母がわりをしてくれた亡きR夫人の写真と共に飾り、毎朝手をあわせるのが日課である」（有島暁子遺稿集『松の屋敷』）との遠藤の言葉からもうかがえる。この四人は皆すでに帰天しており、遠藤は自分を愛してくれた信仰の厚い、今は天国にいる者たちと祈りを通してつながることによって老いと死の不安のなかで自らの信仰を生きぬく支えにしていることが理解されよう。そして、井上神父だけが生者であることから、遠藤が自らの信仰を存立させる場にあって今、共に生きている人間のなかで井上神父をいかに大切な存在として意識し、支えとしていたかが知られる。

ちなみに、ここで亡き母と兄に続く、ロビンヌ夫人とは遠藤がフランス留学の際にホームステイしたロビンヌ家の夫人で、遠藤をわが子のように愛した信仰厚い女性であった。また、暁子さんとは、画家で小説家でもある有島生馬の娘の有島暁子で、遠藤が学生のときから影響を受け、姉のように敬愛した深い信仰心をもつ女性であった。上智大学が男女共学になったときから女子学生の指導主任になっていた有島暁子は、『沈黙』が刊行されたときには、上智に遠藤を呼び、外国人の神父に紹介し、『沈黙』を話題にして「わたくしはとても感動しましたわ」といって、カトリック教会で四面楚歌のなかで沈みこんでいた遠藤を励ましたこともあったという（「有島暁子さんのこと」）。

また、晩年には遠藤は、「夕焼けの中から自分の懐かしい人や肉親からの本当に微かな声が聞こえてくる」（遠藤龍之介「遠藤周作その息子として読者として」）と語っている。遠藤は、シュタイナーの言葉を借りて「青年時代は肉体の季節、中年は心と知性の季節」であるのに対して「老年は魂の季節」といっているように、すでに亡くなった母や兄など、人生で真に交わり自分を愛し支えてくれた懐かしい人たちが夕焼けの光のなかに感じられ、永遠の次元からの語りかけを聞くという深い魂の体験をしているといえる。

そして、遠藤は一九九三年には、そうした魂の季節を生きるなかで余命の短さを意識し、自らの人生と文学の集大成として「魂の問題」のみを描いたと自らいう『深い河』を書き

『深い河』出版の記念座談会
（1993年7月15日、左より井上、遠藤、安岡章太郎）

あげる。『深い河』の創作日記には、「今朝のミサは母や兄がその秩序にいる神（キリスト）の愛をひしひしと感じた」「朝、ミサに行く。祭壇の上に母、兄たちが見えるような気がする」とあるように、遠藤は母や兄が神（キリスト）の愛のなかにいることを身にしみて実感しており、母や兄のいる神の愛の場こそ自分もいつかは帰るべき、自分を迎えてくれる魂の故郷とし意識していたにちがいなかろう。こうした天国の母や兄とつながる意識の深層の魂の体験が、「七十歳の身にはこんな小説はあまりに辛い労働です。しかし完成させねばならぬ」「老齢の身で純文学の長篇は正直へとへとになった」（「『深い河』創作日記」）ともらす『深い河』執筆中の辛く苦しい心とそれでも完成をめざす使命感を支え、励ましていたと考えられる。

さらに「創作日記」には、腎臓病悪化がわかり、みじめな気持ちに陥っているとき、

「井上神父の『余白の旅』を再読して、彼がどんなに仏蘭西で辛かったか、おのれの留学生活の惨めさと重ねあわす。夜、彼に電話をしてみる。彼の声をきき、かすかに慰められる」とあるように、生者としては井上神父が大きな支えであったことがここからもわかる。

『深い河』に登場する主人公の一人である大津の信仰には、遠藤自身が日本人である「自分の根」に下降することでとらえた信仰に加えて、井上神父が日本人として「自分の根」に降りることでで得た信仰が投影されている。そのことは、大津の次の言葉からも確かに読み取れる。

日本人としてぼくは自然の大きな命を軽視することに耐えられません。（中略）よく見ればなずな花咲く垣根かな、は、ここの人たちには遂に理解できないでしょう。（中略）「神とはあなたたちのように人間の外にあって、仰ぎみるものではないと思います。それは人間のなかにあって、しかも人間を包み、樹を包み、草花をも包む、あの大きな命です」

この芭蕉の句をあげて語る大津の言葉には、先にあげた「井上のなかにある『自然のなかに大いなる生命をみる感興』」という遠藤の言葉に表されている、まさに芭蕉に心惹かれる自らの心情を大切にしつつキリストの道を求めた井上神父の信仰が投影されていることはまちがいない。また、どんな醜い人間もどんなよごれた人間もすべて拒まず受け入れて流れる母なるガンジス河と重なる愛の河としてイエスに信頼を寄せる大津の信仰には、遠藤の「カトリック浄土」と呼ばれる母性原理の強い神に全幅の信頼を寄せる信仰も投影されている。このように、この大津の考えや言葉には、遠藤自身と井上神父が共に生涯を賭けてとらえた日本人の心情に根ざすキリスト教信仰の総決算が込められているといえるのである。

遠藤が神のなかに〈母なるもの〉を求め、その神の存在をその働きによって感じることを求めてきた道も、井上神父が神を対象としてとらえず、生きとし生けるものの命を根底で支える場に吹き抜ける愛のプネウマ（息吹＝風＝聖霊）としてとらえることを求めてきた道も、小野寺功の「吉満義彦と遠藤周作をめぐって」の中の言葉を借りれば、ヨーロッパのスコラ神学に基づいて神への信仰を前提に啓示真理を重視する「超越的内在」に対して、「日本的感性に即する内在的超越への道」として一致するものであると考えられる。小野寺は、遠藤文学を通読して、「初期の『カトリック作家の問題』から『海と毒薬』あたりまでは、吉満の影響のためかスコラ神学的な『超越的内在』の色調が強く」、「『沈黙』においては、一挙に内在的超越へと方向を転じている」と指摘している。この『海と毒薬』以降の遠藤文学の方向転換に、井上神父の存在が大きく関与していることはここまで見てきた通りである。さらに、小野寺は、この「内在的超越への道」は、聖霊論的思考によって初めて基礎づけられるもので、その神学の開拓がヨーロッパにおいて最も遅れていることを指摘している。すなわち、遠藤と井上神父は、日本人として「自分の根」に深く下降してそこに根ざすキリスト教を求めることで、自ずから日本的感性に即する聖霊論的思考を根底にした新たなキリスト教理解の道を切り拓いていったといえるのである。

2

一九九四年夏、遠藤は自らの死が近いことを意識し、軽井沢の別荘に井上神父を招き、井上神父に自分の葬儀を頼んでいる。遠藤はその頃から入退院を繰り返し、一九九六年九月二十九日に帰天、三日後に井上神父の司式で葬儀ミサ・告別式が行われる。遠藤順子夫人は臨終のときの様子を、「主人の手を握ったままでしたが、主人の顔が歓喜に充ちた表情に変容した途端に、『俺はもう光の中に入った、おふくろにも兄貴にも逢ったから安心しろ！』というメッセージが送られてきました」（『夫の宿題』）と伝えている。遠藤が三十歳のときに、母郁が突然、倒れて帰天した際、その葬儀参列者への礼状に後悔と慟哭のなかで記した言葉を、遠藤は「彼女のいる所へ行かれる事、それが、私のこれからの希望となつてしまつた」（「偲び草」）との言葉で結んでいるが、臨終の遠藤の顔はそれから四十年余りたってその希望が叶えられた歓喜の姿だったともいえよう。その四十年は、遠藤が母のいる所に自分も行くことができることを願い、そのためにこそ母から与えられた信仰の服を脱ぎ捨てることなく、最後まで着つづけられるように自分の身の丈に合ったものに仕立て直すことを生涯の課題とし、少年の頃から母郁に「小説家になったらいい」といわれた小説家に実際になって、その課題を文学活動を通して追求した期間であった。遠藤の柩には、その間に書かれた多くの本のなかから『沈黙』と『深い河』の二冊が故人の遺志により納められる。母郁のいる魂の故郷に帰る最後の旅に、遠藤がもっていきたいと願ったのが、『沈黙』と『深い河』である理由は、『沈黙』で日本人である「自分の根」に深く下ることでとらえた共に苦しむ母性的な神を描き、そして『深い河』に至ってすべてが帰ってゆく、すべてを受けとめる母なる愛の河として神（キリスト）を描くことで、遠藤にとってキリスト教が自分の魂の帰るべき故郷、母の待つ故郷と深く実感しうるものになりえていったからではなかろうか。それは、遠藤が母郁から着せられた西欧キリスト教というダブダブの洋服を生涯を賭けて自分の身体に合う服に仕立て直した結実であり、その実りこそ遠藤が魂の故郷で再会する母に見せたかったものであるにちがいない。西欧の作家のように戻ってゆく故郷とは到底感じられず、距離感と違和感を感じていたキリスト教を、最後には日本人である自分が帰るべき魂の故郷と実感できるまでに自分のものとして、七十三年の人生の旅を終えて最終的に聖なる場所である魂の故郷に赴いたのである。

3

一方で井上神父は、共に戦った遠藤のそうした生涯を嚙みしめながら、「遠藤さんは日頃私に『僕は踏み石になりたい。捨て石にだけはなりたくない』と言っていた」と述べ、「西欧キリスト教というダブダブの服を自分の身のたけに合わせて仕立て直すという大きな路線で、私たちは彼を捨て石とせず、踏み石としてのぼっていきたい」（「遠藤さんを踏み石にしなければ……」）と決意を新たにする。

その言葉の通り、その後も井上神父は、遠藤と共に日本人である自分の根に深く下り、踏み石を置きながら開拓してきた路線をさらに推し進めるなかで、遠藤が帰天して三年たった一九九九年頃より、「南無アッバ」と祈る日本人キリスト者の独自な祈りの道を新たに切り拓く。ここには浄土宗の開祖である法然上人への敬愛の情や「カトリック浄土」とも呼ばれた遠藤の信仰なども、無意識のうちにその踏み石として生かされていよう。この「南無アッバ」の「アッバ」とは、イエスが使っていた日常語であるアラム語で幼子が父を呼ぶときの「お父ちゃん」という意味の幼児語であって、イエスが神に祈るときに常に用い、弟子たちにもそのように神を呼んで祈ることを教えたものである。井上神父は、日本人である「自己の根」に深く下りてゆくことで魂の故郷の親である神にアッバと呼びかけ、子として全幅の信頼で生を委ねる信仰を、日本人の心に深く根づいている仏教で使われる「帰依する」という意味の「南無」という言葉を用いて、「南無アッバ」という一言の祈りに凝縮したのである。その祈りの道は、二〇〇〇年にはアッバへの祈りの第二詩集『南無アッバ』、二〇〇一年にはイエスの生涯と重なる法然の信仰の足跡をたどる『法然――イエスの面影をしのばせる人』、二〇〇三年には南無アッバの祈りに生きる姿を語る『南無の心に生きる』、二〇〇四年には第三詩集『アッバ讃美』と深められ、広く伝えられてゆく。そして、井上神父は喜寿を迎えた二〇〇五年には、自身が遠藤とともに、日本人の心の琴線をふるわせる「イエスの顔」を自らの全存在をかけて追い求め戦ってきた半世紀の結実である『わが師イエスの生涯』を、三年近くを費やして命をけずるような思いで書き上げ、刊行するのである。そして、この本のエピローグは、次の詩で締めくくられる。

もしも／カトリック信者でないと言われても／キリスト者でもないと言われても／師であるイエスさまにつきそわれて／南無アッバととなえられる幸せ／／アッバ／私はそれだけで／それだけで十分です／／五月の風が薫っていきます／青い空がきれいです／木も鳥も花も／みんな一緒にとなえられたら／それで／ただ　ただ感謝です／／アッバ　アッバ　南無アッバ

ここには、自分を西欧キリスト教の枠に無理に合わせるキリスト者ではない、日本人である自分の血のなかにあるものを大切にしながらイエスを追い求めるなかで、アッバに導かれ、ダブダブの洋服ではなく自分の身にぴったりの服をまとうことのできた井上神父の喜びと感謝の思いが滲み出ていよう。また、右の詩に続く「あとがき」のなかで、「十代の後半から、死と生の意味について徹底的に苦しめられ」、出家、求道の道を選んで以来五十年あまり、「我欲、我執の大海でアップアップする有り様からぬけきれず」、「夢中になってもがいているうち、ふっと気がついてみたら、何やらどっかの岸辺にやっと手がとどいた」「その岸辺が、いわば『南無アッバ』の岸辺だった」と述べた後で、最後にこう締めくくっている。

長い間の念願であったこの著作を書きあげた今、アッバがこの至らない私を忍耐強く「南無アッバ」の岸辺で今日まであたたかく見守り続け、待ち続けていてくださったのだと思うと、何か胸のあつくなる思いがいたします。

ここには親から切り離された子供のような不安の苦しみのなかにいた若き日の井上神父が、「浜千鳥」の歌の「親をたずねて海こえて」の言葉のように魂の親をたずね大海を漂流する人生の旅を続けた果てに、今日までの人生を見守り続け、岸辺で帰りを待ち続けていたアッバと呼べる魂の親のふところに迎えられる喜びと安らぎが告白されている。

遠藤は人生の旅の最後に『深い河』によってすべてを迎える母なる愛の河である神（キ

リスト）を示し、それから三年後、神（キリスト）の光のなかで母が迎えてくれる魂の故郷に帰っていった。そしてさらに三年後、井上神父は人生の大海の旅の果てに、「南無アッバ」の岸辺に流れつき、魂の親であるアッバに母のような暖かなまなざしで迎えられる魂の故郷を身にしみて実感するにいたるのである。

自らの生の根元を見出すことのできる魂の故郷をもたない根無し草のような不安のなかにいた遠藤と井上神父が、暗い四等船室に乗り込んで渡仏し、西欧キリスト教の本場にあってその信仰を自分の血肉にし、自らの生の根元を見出そうと格闘しながら、長い伝統に深く根ざすヨーロッパの精神文化にはねかえされる苛烈な異文化体験をして帰国する。

その後の生涯を賭け、日本人である「自己の根」に深く下降してそこに根ざすキリスト教の信仰の道を求め続けた歩みは、大陸から伝えられた仏教が長い年月をかけて日本の精神風土に根ざした形で受容され、日本人の魂の故郷ともなっていったように、ヨーロッパから伝えられたキリスト教が日本の精神風土に深く根ざしてゆく形がどのような方向であるのかを示唆していよう。そして、その二人の歩みは、日本人である私たちが、キリスト教に距離感や違和感を感じないで魂の故郷に帰ってゆく懐かしさをもつことのできる信仰の道を切り拓き、踏み石を置いていった旅路であったといえるのである。

あとがきに代えて――井上神父最後の八年

遠藤周作没後十年の二〇〇六年、「三田文學」の加藤宗哉編集長から、「井上神父のことを書きませんか」と声をかけていただいた。私は、井上神父が一九八六年からはじめた「風の家」運動を創設の時から共にしながら、遠藤の文学と人生およびその宗教的テーマを追究してきたが、いずれは井上神父の評伝も書かなければと考えていた。が、井上神父とは共に活動している最中でもあり、まだ評伝を書くような時ではないと思われ、井上神父と遠藤周作の響きあう人生をめぐってであれば、今書けるテーマであると思った。それを伝えると、加藤編集長からはその方向で良いので井上神父のことをしっかり書いてくださいとの言葉を受けとった。そして二〇〇六年十一月、「三田文學」の「没後十年遠藤周作　響きあう文学」の特集の号から、「遠藤周作と井上洋治――魂の故郷へと帰る旅」と題した連載を開始し、季刊の「三田文學」に翌二〇〇七年十一月の秋季号まで五回連載し、完結した。

この連載に一部加筆してまとめたものが本作であるため、井上神父の人生については、二〇〇五年の『わが師イエスの生涯』を刊行した七十八歳までしか触れていない。そこで井上神父のその後の帰天までの八年の最後の人生と、その間に遺言のように書かれたエッセイ（没後、『遺稿集「南無アッバ」の祈り』と題して編集され刊行）について、ここで「あとがき」に代えて語っておきたい。


「神父さまも、安岡も体を悪くして我々世代が人生を完了するのも、そう遠くありません。あなたたちが是非今度は頑張ってください」

遠藤周作からこの遺言のような言葉を私がもらったのは一九九四年だった。その前年に刊行された遠藤の『深い河』をめぐって、「風の家」の機関誌「風《プネウマ》」に連載した拙論を読んでの便りのなかに結びとして記された言葉であった。

それからちょうど二十年の二〇一四年、遠藤周作、安岡章太郎に続いて井上洋治神父も人生を完了した。一九五〇年、渡仏の船で偶然出会った井上神父と遠藤周作は、帰国後、日本人の心情でイエスの教えをとらえなおすという同じテーマを自分たちが背負っていることを知り、生涯を賭けて先人のいない世界を切り拓き、次世代の踏み石になろうと共に決意し、支えあってきた同志であった。次世代のための踏み石として遠藤が「万病一身に集まり、余命の少なきを感じ」「文字通り骨肉をけずり」（「創作日記」）最後に書き上げた遺言的著作といえるのが『深い河』であったが、井上神父のそれに当たるのが、『遺稿集「南無アッバ」の祈り』であるといってよいだろう。同じテーマを背負ってきた二人の遺言的著作にはおのずと響き合う宗教的世界が見出せる点についても、ここで触れておきたい。

二〇〇五年、七十八歳で日本人の心の琴線にふれるイエスの顔を求め続けたライフワークを結実させた『わが師イエスの生涯』を書き上げてから、八十六歳の帰天までの最後の八年間は、井上神父にとって「視力も　体力も　少しずつお返ししていく」日々であった。二〇〇六年には、日本の文化的風土のなかにイエスの福音が根を下ろし開花することをめざして創設した「風の家」運動は二十周年を迎えた。その記念の感謝のミサの後で井上神父は「南無アッバ」の「お守り札」を配る、新たな活動を始めた。高齢や病気、介護など様々な理由で教会に行くことができない重荷を背負っている人たちに、アッバのやすらぎと慰めを得てほしいという井上神父の祈りのこもったお札であった。

二〇〇六年十一月には「風に己を委せきってお生きなさい」と題して講演が行われたが、これが一般に向けられた最後の講演となった（ロゴス点字図書館主催、講演録は「人生マラソンを安らぎのうちに」と改題され、「風」第七六号［二〇〇七年九月］に掲載。『井上洋治著作選集5』にも収録）。

井上神父は、七十五歳までは聖書講座も講演も旺盛に行ってきたが、それ以降は、体力に自信もなくなり、体調不良で迷惑をかけるといけないという心配が強くなったことから、講座は終了し、講演も断ることが多くなっていた。そうした状況で、この講演を引き受けたのは、「南無アッバ」の祈りとそのお守り札を一般の人にひろめたいという願いを新たにしたときに、講演の依頼があったためであろう。

井上神父はこの時期、パウロ書簡を取り上げながら、「これからのキリスト教のために——現代人との対話をめざして」と題した「風」の連載（二〇〇四年十二月〜二〇〇七年四月）を行っていた。「風に己を委せきってお生きなさい」と「人生マラソン」のどちらの表現も、パウロの言葉に由来している。この二つの言葉を連ね、人生マラソンを安らぎのうちに走りぬきゴールをくぐるために、風《プネウマ》に己を委せきってお生きなさい、というのがこの講演のテーマであった。そして、風に己を委せきることの実践として「南無アッバ」の祈りのこみちをつくろうと語り、それを支える「南無アッバ」の「お守り札」を講演のなかで紹介している。

「南無アッバ」という短い「祈り」にしても、「お守り札」にしても、井上神父が毎日のように苦しみを訴えてくる人たちの手紙を受け取り、その声を受けとめながらも、体力が衰え、自分から出かけて行くことのできない状態のなかで、何とかしてアッバの安らぎをとどけたいという切なる願いのうちに生まれたものであった。井上神父は宗教家として、老いや病など人生の重荷にあえぎ、今も苦しんでいる人たちがいるという現実を常に意識し、そうした現代人の魂の救いと安らぎのためにできることを最後まで祈り求め、実践しつづけたといえる。

二〇〇六年四月、井上神父は、「風の家」二十周年を記念して「『南無アッバ』の献禱のおひろめ——『在世間キリスト者の求道性』を求めて」と題した文章を「風」七二号に発表する。そこで井上神父は、現代社会に生きる一般の人たちに日常において実践できる求道性を示さなければならないという信念を表し、現代社会の現実に応じた求道性の必要を説明し、「南無アッバ」の祈りがそれにふさわしいことを説いている。その上で、最後には自らが在世間キリスト者として日常のなかで「南無アッバ」の祈りの生活を実践する様子を日記の形で伝え、在世間の読者もそれに倣って具体的に祈りの生活が実践できるよう示している。

また、同じ文章のなかで井上神父は「宗教の智」について語る。それは「安堵のやすらぎ」に至るための「智」であり、「安堵のやすらぎ」を得るには「祈り」という行為が重要であること、宗教は頭で理解するものではなく、行為として道を歩み生きるものであることを強調している。ここに井上神父が宗教家として大切にしている姿勢がうかがえる。すなわち、「科学の知」の圧倒的優位のなかで生きる現代人に対して、対象化できないものは捨象する「科学の知」には限界があるなかで、「安堵のやすらぎ」を得るために重要であるのは「宗教の智」を自分のものとすることであり、そのためには祈りという行為が重要であることを大前提として伝えている点である。井上神父は、自分自身が「科学の知」だけを教えられ、「宗教の智」を知らないなかで、生の空しさに苦しんだ若き日の経験があるゆえに、そうした現代人に、宗教家は「宗教の智」を伝えなければならないという使命感が強くあった。井上神父は、自分はひたすら「キリスト道」を歩み続けてきた者として、他の道について語る資格はないので、専ら「キリスト道」における祈りを体験的に述べるという立場であった。井上神父の本に共感する人たちのなかには、仏教や神道などの宗教家も多く、井上神父は、そうした人たちに声をかけられ、講演や対談をしている。そこで重要な意味をもつのは、まずこの「宗教の智」を前提にするところで共感し合える基盤があるということである。井上神父は、他の宗教者に呼ばれて話すときにも、例えば知恩院に招かれて法然上人の話をするときにも、「キリスト道」を歩むことしかできない自分が、「キリスト道」を宗教家としてよりよく歩むために大切なことを法然上人から教えられたという姿勢によって話を進めている。「宗教の智」を生きる、すなわち「南無の心」を生きるという基盤で共感し合い、それぞれ違う道でそれを生きる姿に互いに敬意をはらうという姿は、諸宗教の平和と共存につながる姿勢として井上神父が特に大切にしたものであった。

二〇〇七年一月からは、十五年間毎日曜日に行っていた「風の家」のミサを終了し、四谷の幼きイエス会の聖堂で毎月一回、「南無アッバ」のミサをあげる形に移行した。その年に八十歳を迎えた井上神父は、神の作品としての自らの人生が完成する人生マラソンのゴールが近いことを意識し、「南無アッバ」の祈りに導かれるまでの人生を感謝のうちに噛みしめるようになる。そうしたなか、アッバが出会わせてくれた感謝の思いを捧げたい人たちを一人ひとり取り上げたエッセイ「漂流――『南無アッバ』まで」の連載を「風」で始める。そこでは、十代後半の頃から、世界が無意味な灰色の原子の大海に見え、自分の人生もその海に漂う一抹の泡のように思えるほどに生の空しさに苦しみ、自死の誘惑さえ感じていたが、最終的にはアッバの御手という生命の大海のなかで大切に守られ導かれてきた自分の人生が、アッバの働きの場として見えてくるという喜びの実感に至った求道の歩みが語られている。ここからも、生の空しさにとことん苦しみあえぐ経験をしたがゆえに、今もそうした苦しみのうちにいる人たちに、その苦しみから解放してくれるアッバの安らぎを何とか伝えたいと願うところに宗教家としての井上神父の原点のあることが理解される。

井上神父が現代人に伝えたいと願うこうした宗教的テーマは、遠藤の『深い河』に登場する、学友たちとのコンパの真最中にも不意に底冷えのような空虚感が突きあげてくるという孤独の苦しみを抱える美津子という若い女性において表れる。宗教をもたない現代の若い世代の代表のような美津子が、宗教を生きる大津に出会い、魂の渇望を満たす存在を求めていくテーマと響き合う点があろう。

二〇〇九年には「『南無アッバ』の祈りとお札に包まれて」と題した連載が「風」に四回に分けて発表された。そこでは、「私の血のなかに流れているもの」を刺激し意識化させる西行や芭蕉など先人の文章が挙げられて、それがパウロの「キリストのからだ」とつながり、さらに東方正教会の汎在神論につながることを言及している。さらに、そうした神のとらえ方に目覚めることが、「日本におけるキリスト教の未来」の鍵になると共に、「諸宗教の平和と共存」の鍵になることを、これからの二十一世紀の世界のために何としても言い残しておきたいという切なる願いが語られている。

この汎在神論という神のとらえ方の問題も、『深い河』において、遠藤自らが井上神父をモデルにしたという大津に託されて提起されている。遠藤は若い頃記した評論のなかで、堀辰雄など日本の多くの先輩作家が西欧のキリスト教文学などの影響を受けながらも、最後には日本の汎神論的風土に帰っていくことを問題にしていた。それと同様に、遠藤自身も『深い河』で最終的に、正統のキリスト教からはずれて、日本の汎神論的土壌に帰着したのではないか、と評家によって問題にされることがある。『深い河』で具体的に問題となるのは、大津が「神とはあなたたちのように人間の外にあって、仰ぎみるものでないと思います。それは人間のなかにあって、しかも人間を包み、樹を包み、草花を包む、あの大きな命です」というような箇所である。この神のとらえ方は、神を理性で対象化して超越的な神を高く仰ぎみるという超越的一神論ではなく、人間も自然も等しく神の働きのうちに生かされていて、自分の中にも他者の中にも自然の中にもその神の働きを見るという、東方キリスト教、ドストエフスキーのロシア正教などの正統な神のとらえ方である汎在神論であって、自然と神とを同一視する汎神論では決してない。

さらに『深い河』では、宗教対立による戦争や暗殺事件などを時代背景に描きながら、こうした汎在神論的キリスト教を一途に生きる大津が、マザー・テレサと同様に他宗教の人たちのなかにも神を見出し、宗教の枠を超えて愛の実践を行っていく姿を描いている。そうした『深い河』の宗教性は、井上神父がこの「『南無アッバ』の祈りとお札に包まれて」のような遺言的著作で懸命に訴えている「諸宗教の平和と共存」の鍵である汎在神論としての宗教性と響き合うものがあろう。そのような汎在神論的一神教の神観は、日本人の宗教的感性と通じるものがあるとともに、超越を強調する一神教の宗教間の争い、また超越的一神教と内在的多神教との対立といった問題を越えて、諸宗教の平和的共存をめざすうえでの鍵になる宗教性である。

この井上神父の汎在神論について、遠藤は「神は対象化しえない（井上洋治）」と題したエッセイ（『井上洋治著作選集6』に収録）のなかで取り上げる。そこでは、汎在神論は西行や芭蕉が別の表現で歌ったことにも近く、日本人である我々には親しみやすく、また合理主義の教育を受けた日本人にもわかる気がするといわれ、彼の思想の一端を紹介したのは「彼の本を読むたびに私は神父の考えの背後に次の世紀の足音をきくからである」と語られている。また、遠藤は「二十世紀宗教の限界を越えて」（「潮」一九七一年一月）というエッセイで、人々がますます孤独になっていく現代にあって「宗教をこれほど人々が希求する時代はないにもかかわらず、宗教が現代を支えられぬままになっているのが二十世紀の宗教である」と問題を提起している。ここから、遠藤が二十世紀末にあって自らの遺言的著作である『深い河』で、二十世紀の宗教の限界を越える宗教の方向性を示すために、自ら共感する井上神父の神のとらえ方を大津に託して描いたことが理解される。

二〇一〇年には、「老いた友への手紙」と題したエッセイを「風」八五号（二〇一〇年九月）に発表する。この同じ号の「風」では、八十三歳になった井上神父は、目が不自由で、高齢者の一人暮らしも大変困難になったため、「風の家」運動は次世代にゆずり、第一線から退くことを発表している。そして十一月には、東新宿の「風の家」から、東京大司教館の隣に新設された、引退司祭の施設「ペトロの家」に最低限のものだけを所持し修道院に入るような覚悟をもって入居した。しかし、そこでは目が極度に不自由な状態で生活することは困難で、今後さらに緑内障が進んで最悪失明することも考え、また、一般の人たちのなかにいれば何か少しでも役立つことができるかもしれないという思いもあって、翌年五月には、介護体制のある武蔵野の高齢者ホームに移った。

井上神父はこの「老いた友への手紙」で、「南無アッバ」の祈りを捧げるときに一番大切なことは、まず現在自分よりはるかに苦しんでいる人のために、「アッバ、○○さんは、いま、大変に苦しんでおられます。どうぞ、あなたの安らぎをあの方にお与えくださいお願いいたします。南無アッバ」と祈ることだと語っている。井上神父自身、「風の家」運動の第一線から退いてからも、様々に苦しみを抱えている人たちから寄せられる手紙に不自由な目で懸命に返事を書き、そうした人たちのために「南無アッバ」の祈りを捧げる日々を送っていた。

孤独に苦しむ現代人に、孤独から脱却し、魂のやすらぎを得る道を示したいという思いが込められたこの「老いた友への手紙」では、他者の苦しみに心を向けて連帯することと、最初は形だけでもよいので祈りの行為を始めてみることが勧められている。
　こうした孤独からの脱却の道も、『深い河』における美津子の孤独な魂の問題と通じるところがある。美津子は、誰ともつながらない孤独の闇のなかで大津と手紙のやり取りをし、大津の孤独を知っても、「彼の孤独より自分の孤独で精一杯だった」とあるように、一時的に自分の孤独や空虚感を紛らわすことに精いっぱいであった。それが、インドの旅で自分の孤独と向き合い、他者の孤独に心開かれ、母なるガンジス河に身を浸し、祈りの真似事を始めると、他者の悲しみとつながり、次第に本当の祈りになっていく。ここでも、井上神父が祈りについて、形から入ることから「南無アッバ」の祈りの真髄に至る道を示すこの手紙の内容とは、響き合うものがあろう。

　二〇一一年には、「風の家」二十五周年記念の「風」八八号（二〇一一年九月）に、井上神父が生前、最後に書き上げたエッセイ「ガムラン音楽の話」を発表する。井上神父は、原稿を書く体力がほとんどなくなっていくなかで、このガムラン音楽の話は記憶のなかにあってどうしても最後に書き残しておきたかったもので、「私の遺言的なこの話を嚙みしめていただけたらこんなに嬉しいことはありません」と締めくくっている。

ここで、ガムラン音楽の楽器が密閉空間では良い音が出ず、自然との交流があって初めて良い音が出るという話が井上神父にとって忘れられないのは、パウロの「キリストのからだ」という考え方と結びつくからであった。この文章のなかで井上神父は、日本（東洋）の基本にある自然と人間が手をつなぐようなキリスト教の形の模索の必要性を強く問いかけている。井上神父は自然のなかでの黙想会やイスラエル巡礼では、必ず野外ミサを行っていた。ガリラヤ湖の岸辺での夜明けのミサでは鳥たちがうたい、富士山の見える山麓での夜明けのミサでは蜩の奏でる声が響き渡るなか、それらと共に讃美と感謝の祈りを捧げていた。

また、「風の家」のミサでは井上神父が沈黙の祈りに重きをおく思いから聖歌を歌うことはなかったが、二〇一〇年十月の、井上神父による最後の「風の家」の「南無アッバ」のミサの後、井上神父はなじみの童謡の曲に歌詞をつけた自作の替歌讃美歌「夕焼け小焼け」を披露した。こうした歌は、皆がすぐに口ずさめる良さがあるといって、様々な童謡の曲に自作の詩をつける替歌讃美歌を、高齢者ホームでも作り続け、この文章の載った「風」八八号には七曲の井上神父の作った歌詞が掲載された。

二〇一二年には、井上神父が公の場で話した最後の言葉をまとめた「毎夜思い出すアンマン空港の思い出」が「風」九二号（二〇一二年十二月）に発表された。これは、二〇一二年五月二十六日、四谷の幼きイエス会で行われた「風の家」二十六周年・南無アッバの集いでの井上神父の話をまとめたものである。井上神父の参加はその日の体調次第と予告されていたが、当日は大丈夫ということで参加が実現した。井上神父は、近況報告として、老いのために今までできていたことがだんだんできなくなっていくということの重さ、悲しさ、空しさを切々と語り、終わりに「私が最期の時まで『南無アッバ』のお祈りをとなえて、アッバのお迎えを受け入れることができるように、お祈りしていただきたい」と私たちに語りかけた。さらに「皆さんのうえにアッバの安らぎが、これからの生涯にあるようにお祈りをお捧げしているから」といわれ、「それじゃ、アッバ、南無アッバ」と最後にとなえて手を振って、皆の前から立ち去った。それが公の場での井上神父の最後の姿であった。

それから一年九か月余りで帰天するまでの井上神父の最後の日々では、体力の衰えは日増しに進み、最後の一年ほどは、あまりに弱って疲れやすく、目もさらに悪くなっていた。

そうしたなかでも井上神父は懸命になって「南無アッバ」の祈りの奉献の集いの式文を作ろうと試作し、何度も手入れをしていた。私が月に一度訪ねる折には、いつも試作中の奉献式文を使って「南無アッバ」の祈りの奉献を共に捧げた。しかし、体力が低下するにしたがって、祈りの時間も短縮していき、最後の頃はベッドに横になったまま、「南無アッバ」の祈りを共にとなえ、聖書朗読（「ガラテヤの信徒への手紙」四章四—七節、「ヨハネによる福音書」一四章六—一一節）を行うようになった。

最後の半年の間は、室内で転ぶことも多くなり、頭を打っては病院に行き、さらに腰を強打してからは車椅子を使うようになった。目はますます悪化して最後の頃はほとんど見えなくなり、大好きだった青空も、夕焼けも、ベランダに来た小鳥まで見えなくなっていった。

そうしたなかで井上神父は、毎日思い浮かぶのはゲツセマネのイエスさまの姿ばかりであるといい、ゲツセマネの祈りは「南無アッバ」そのものだと改めて実感を込めていっていた。ゲツセマネで差し迫った十字架の死を前に、悶え苦しみながらも、イエスが「アッバ、……私が願うことではなく、御心に適うことが行われますように」（「マルコによる福音書」一四章三六節）と祈る姿を想い、そこに自らの苦しい思いを重ねながら、ひたすら「アッバ、アッバ、南無アッバ」ととなえていたのだろう。昼と夜の時間感覚も徐々になくなり、眠れない苦しい夜が多くなった。そのようななか、ある夜、私が電話で子どもの進路の問題など話した翌日、一晩中、あなたたちのためにアッバにお祈りしていたよといってくれたこともあった。

夜に眠れないということを聞き、ＣＤや深夜ラジオなど聞くのはどうでしょうか、何かもってきましょうかとうかがったことがあったが、井上神父は、「アッバさまとお話しするのに邪魔になるから、アッバさまと自分との間の介在物は要らない」と断った。そして夕食の後にテレビなど少し見ることも、「アッバさまのことを思いたいから、時間がもったいない」といって見なくなっていた。

二〇一四年二月、私が武蔵野の高齢者ホームの井上神父を最後に訪ねた折に、車椅子に自ら座るのがやっとというほどに体力の衰えた井上神父から、「没後にできれば出版してほしい」といって、ずしりと重いＡ３サイズの大きな封筒を渡された。封筒の表には「遺言的著作」と大きく書かれていた。それから一か月もたたない間に、井上神父は帰天し、私が受け取った原稿は、遺稿となった。

封筒の中にはA3用紙に拡大コピーされた原稿に手を加えたものと一枚のメモが入っていた。そのメモに記された題名は、〈『「南無アッバ」の祈り』井上洋治の遺言的著作――東洋の精神的土壌にきれいに開花するキリスト道――〉であった。このメモから、井上神父が自らの差し迫った死を意識し、遺言という思いをもって、最晩年に書いた文章を集めた著作集であり、その中心テーマは、井上神父が生涯を賭けて求め続けたキリストの福音を日本（東洋）の精神的土壌に文化内開花（インカルチュレーション）させるという課題であることがひしひしとつたわって理解された。その課題を追い求めた結実が、日本の土壌にイエスの福音が根を下ろし、きれいに咲いた一輪の花こそ「南無アッバ」の祈りであるという思いが、この題名には込められていたのである。この遺言的著作は、『遺稿集「南無アッバ」の祈り』（『井上洋治著作選集5』）と題して没後一年を前にした二〇一五年二月に日本キリスト教団出版局から刊行された。

二〇一四年三月八日、午前中に私は大学の卒業行事の感謝ミサに侍者として加わり、井上神父もかつてこの卒業行事のために三度も岡山まで来てこの場でミサを捧げてくださったことを想い起こし、また、その井上神父が前日の早朝に激しい頭痛と高熱のため救急車で病院に運ばれて入院中であることを思って、井上神父の上にアッバのお守りと安らぎを祈っていた。行事が終わり、研究室にもどった直後、井上神父の病状が急変し、午後一時十分、井上神父は脳出血により帰天したとの訃報を受け、衝撃のなかで直ぐに東京に向かった。三月二十八日の誕生日を前に、八十六歳十一か月の生涯だった。

その夜に武蔵野の高齢者ホームに着くと、自室にもどられていた井上神父の遺体のお顔は神々しいほどに清らかであった。最後の日々、ゲツセマネのイエスの祈りの姿と自分とを重ねながら辛く苦しい日々に耐えて祈っていたことを想うと、もはやそうした苦しみから解放され、やすらかに眠っているようであった。井上神父の遺体にゆっくりとお別れをするためにその晩は傍らに付き添わせていただき、井上神父の思い出が走馬灯のようによみがえるなか、井上神父からいただいた数々の恩情を嚙みしめながら、「アッバ、アッバ、南無アッバ、感謝、感謝、神父様、……」と心でとなえ続けていた。そうしてうとうとしていた深夜、夢かうつつかわからないなかで、かつて経験したことのない、なんとも言葉にできないよい匂いが私を包むのを感じた。その香りにうっとりと浸っているうちに眠ってしまい、再び目を開けた夜明けにはもう匂いは残っていなかった。ただ井上神父が確かにアッバのふところに迎えられ、今は安らぎのうちにいることを、天からの風の薫りで伝えてくれたように思われ、悲しみが大きな優しさに包まれたような感触だけは心に残っていた。

井上神父の葬儀は、東京教区の岡田武夫大司教が海外出張から帰るのを待って、三月十八日にあげられた。奇しくも井上神父が五十四年前、司祭に叙階された日、すなわち遠藤が「本当の意味で日本人の司祭」と呼ぶ井上洋治神父が誕生した記念日であった。十七日十八時からの岡田大司教司式の通夜式には三百人ほどが駆け付け、十八日十三時からの岡田武夫大司教・東京教区司祭団の司式、幸田和生司教説教の葬儀ミサ・告別式には五百人ほどが参列し、東京カテドラル聖マリア大聖堂がいっぱいであった。ある報道関係の知人が、あんなに多くの参列者一人ひとりが本当に心の込もった哀悼の想いで井上神父とお別れする姿を見て、井上神父の生前のお働きの大きさが改めて偲ばれたと話してくれた。

葬儀ミサでは、井上神父の遺志に従って第一朗読には、「ガラテヤの信徒への手紙」四章四―七節、福音朗読では「ヨハネによる福音書」一四章六―一一節が読まれた。これらは、「エフェソの信徒への手紙」二章一〇節と共に井上神父が最晩年大変大切にしていた聖書の言葉であった。

告別式の参列者に配られた遺影のカードの聖句にもこの第一朗読の箇所から「あなたがたが子であることは、神が、『アッバ、父よ』と叫ぶ御子の霊を、わたしたちの心に送ってくださった事実から分かります」（「ガラテヤの信徒への手紙」四章六節）という、「アッバ」と呼ぶときに私たちの心には御子イエスがつきそって、共に祈ってくださっていることを教えてくれる言葉が選ばれた。

私は福音書の朗読を聞きながら、「フィリポが『主よ、わたしたちに御父をお示しください。そうすれば満足できます』と言うと、イエスは言われた。『フィリポ、こんなに長い間一緒にいるのに、わたしが分かっていないのか。わたしを見た者は、父を見たのだ。……』」（「ヨハネによる福音書」一四章八―九節）という聖書の言葉に心を留めた。この最後の晩餐のイエスの告別の言葉は、井上神父が写経を勧めるほど大事に思っていた箇所であった。井上神父はここを読んで、若き日にフランスのカルメル会修道院に入っていたときのことを思い出し、自らの姿をイエスの直弟子フィリポに重ねていたにちがいないと改めて思われた。井上神父が修道院に入ったときに与えられた修道名は十字架のフィリップで、院内では当時フィリップと呼ばれていた。私たちの命の源である御父を示してほしい、そうすれば心が満たされますという弟子フィリポの願いは、まさに虚無感に苦しんだ青年のときから井上神父が求め続けた願いであったろう。

弟子フィリポに対してイエスは、「わたしを見た者は、父を見たのだ」と説く。井上神父はイエスを見続けることによって、そしてイエスご自身が親しみを込めて呼び求める、わたしたちの命の親であるアッバと真に出会うことによって、「南無アッバ」の祈りにたどりついたといえよう。井上神父のたどりついた祈りが、「南無イエス」ではなく、イエスは窓となり、イエスと共にさらに命の源である親に呼びかけ委ねる祈り――「南無アッバ」であるところに、自らの生の根源である魂の親を求め続けてきた井上神父の求道性の結実がある。

葬儀ミサ・告別式が終わり、聖堂を神父の柩と共に出たときには、天上からの風を思わせるような驚くばかりの大風が吹いていた。遠藤の柩に『沈黙』と『深い河』が納められたように、柩の中には『余白の旅』と共に七十七歳の井上神父が骨身を削ってライフワークを成し遂げた『わが師イエスの生涯』が納められた。その本の中で、アッバの悲愛《アガペー》のまなざしの光をこの世界に差し込ませてくださるガラス窓のような存在であったイエスが十字架上の苦難の死によってそのガラス窓をこわし、アッバの風《プネウマ》をこちらの世界全体にもたらすことでアッバの御業は完成されたと井上神父が語られていた言葉を、その風のなかで想い起こさないではいられなかった。

井上神父の最後の日々は毎日がゲッセマネというほどに苦しいものであったが、井上神父は、最後に意識が遠のくまで、「アッバ、アッバ、……」と呼び求め、「南無アッバ」の祈りの道を生ききることで、アッバの作品としての人生を完成された。それはその後を生きる私たちの前に拓かれた「南無アッバ」の祈りの道となり、今度は私たち一人ひとりがたとえゲッセマネのイエスのような苦しみを味わう試練のときも、井上神父の祈りの姿にならい、その道を続いて踏みしめて歩むことによって、「南無アッバ」の祈りの道は、より確かな日本人キリスト者の祈りの道になっていくことであろう。そうしたあとに続く私たちの踏み石となった井上神父の人生を、アッバが祝福されていることを私たちに伝えるかのように、柩のうえに天からの風が力強く降り注ぐのであった。

二〇一五年三月には、井上神父の帰天一周年を記念した命日祭が幼きイエス会のホールを会場に行われた。井上神父が生前、無心に咲く野の花を愛し、自分もそうありたいと願っていた想いを受けて、この命日祭は「野の花命日祭」と命名された。そして帰天一周年の野の花命日祭で掲げられた井上神父の遺影には、出版されたばかりの『遺稿集「南無アッバ」の祈り』（『井上洋治著作選集5』）が捧げられた。それは、先述した、井上神父が死後に出版されることを願っていた遺言的著作であった。この帰天一周年に間に合うように刊行できたのは、井上神父の著作によってイエスの福音に導かれた多くの人たちからの要望を受けて開設された「井上洋治著作出版基金」による支援と、井上神父の著作を一番多く出版してきた日本キリスト教団出版局の関係者の方々の協力があってのことだった。さらに、その支援と協力によって、『井上洋治著作選集』として井上神父の主要な著作の刊行が続き、帰天四周年の野の花命日祭には、『井上洋治著作選集』全十巻が完結し、帰天五周年の野の花命日祭には、『井上洋治全詩集　イエスの見た青空が見たい』（『井上洋治著作選集』別巻）が刊行された。

井上神父の詩は、日本人である自らの感性に誠実にキリストの道を生きぬくための日本の神学を切り拓いていくなかで、生きとし生けるものとの深い共生感のうちに次第に生まれるようになり、「南無アッバ」の祈りが自ずと生まれた晩年からは、「南無アッバ」の祈りの詩として溢れ出ていった。そうしたなかで最晩年の詩を集めて出版する予定であった詩集のために用意した「あとがき」のなかで、井上神父は「今までの生涯を振り返るごとに、深い感謝で、やすらぎに包まれる思いでございます」と述べ、「秋の訪れ」という詩を挙げて、現在もこの詩の思いは変わらないと語る。それは、まさに井上神父が「魂の故郷へと帰る旅」を生涯歩んできた最後の心境にちがいなかろう。その詩を引用して結びとしたい。

秋の訪れ

ベランダに
　きれいなコスモスが咲いた
秋だ　秋の訪れだ
秋に呼ばれたコスモスが
秋を告げているように
アッバに呼ばれた私たちも
アッバを告げているんだね

そして
いつかコスモスが
　秋風に包まれて
秋のふところに帰るように
　私たちも
おみ風さまに包まれて
アッバのふところに帰るんだね
いのちの源であるアッバのふところに

アッバ　アッバ　南無アッバ

『井上洋治全詩集　イエスの見た青空が見たい』（『井上洋治著作選集』別巻）

遠藤周作・井上洋治　年譜

	遠藤周作	井上洋治
一九二三年（大正一二）	三月二七日、父常久、母郁（郁子）の次男として東京府巣鴨で生まれる。二歳年上の兄正介との二人兄弟。父は東大法科卒の銀行員。母は上野の東京音楽学校（現・東京藝術大学）ヴァイオリン科卒で音楽家。三歳の時に父の転勤に従い満州（現・中国東北部）の大連に移る。	
一九二七年（昭和二）		三月二八日、父重治と母アキの次男として神奈川県津久井郡串川村の母の実家で生まれる。七歳年上の姉悦、五歳年上の兄英治、

	一九二九年（昭和四）	一九三三年（昭和八）
	六歳　大連市の大広場小学校に入学。母が毎日、ヴァイオリンの練習に熱中し、指から血を出しながらも弾き続ける姿を見て、子供心にも感動する。	**一〇歳**　九歳の頃から父母が不和になり、哀しい心を隠すために悪戯やおどけをし、愛犬のクロだけが哀しみの同伴者となる。体力も知力も優秀だった兄に比べ、体は弱く、成績も悪かったが、母だけは「あなたは大器晩成よ」と励ます。夏、父母の離婚により、母に連れられて兄と共に帰国。六甲小学校に転校。神戸市六甲の伯母（母の姉）の関川家に同居した後、西宮市夙川に
二歳年下の弟坦の四人兄弟。九月、父の転勤により大阪の天王寺に移る。		**六歳**　幼稚園の頃、母と眺めた夕焼け空が心の奥底に焼き付く。大阪天王寺第六尋常小学校入学。九月、父の転勤で東京・市ヶ谷に移り、愛日尋常小学校に通う。体力も知力も優秀な兄に比べて劣り、虚弱な体質で胃腸が弱く、よく学校を休んでいた。

	転居。熱心なカトリック信者の伯母の勧めで母と共に、夙川カトリック教会に通う。	
一九三五年（昭和一〇）	一二歳　三月、六甲小学校を卒業。四月、私立灘中学校に入学。母は宝塚市の小林聖心女子学院の音楽教師になり、五月、同学院の聖堂で受洗。六月、周作も兄と共に夙川カトリック教会で受洗。洗礼名ポール（パウロ）。母を喜ばせるための無自覚な受洗であったが、将来司祭になろうと本気で考えた時期もあった。	
一九三六年（昭和一一）		九歳　可愛がっていた子猫のアカが皮膚病のため棄てられ、別れの哀しみと同時に死への恐怖の感情が芽生える。
一九三九年（昭和一四）	一六歳　この頃、小林に近い仁川に転居。	一二歳　四月、府立四中（現・東京都立戸山高等学校）に進学。

一九四〇年（昭和一五）	一七歳　三月、灘中学校を卒業。高校受験に失敗し、自宅で浪人生活。	
一九四一年（昭和一六）	一八歳　志望の高校受験に失敗、四月、上智大学予科甲類入学。一二月、評論「形而上的神、宗教的神」（「上智」一号）を発表。	
一九四二年（昭和一七）	一九歳　二月、上智大学予科を退学し、再び高校受験をするが失敗。再婚している父の世田谷の経堂の家に移る。	
一九四三年（昭和一八）	二〇歳　四月、慶應義塾大学文学部予科に入学。父が命じた医学部ではなかったため勘当され、カトリック哲学者の吉満義彦が舎監を務める信濃町のカトリック学生寮の白鳩寮（聖フィリッポ寮）に入る。	一六歳　四月、旧制東京高等学校（理科甲類）に進学し、入寮。中学三年生の頃より、すべてが空しく無意味というニヒリズムへの戦慄と死への恐怖の闇がさらに心に広がり、苦しみのなかで自死の誘惑さえ感じる。

年	遠藤周作	井上洋治
一九四四年（昭和一九）	二一歳　三月、吉満の紹介で杉並の成宗にいた堀辰雄を訪ねる。その後、信濃追分に移った病床の堀を月に一度ほど訪ねるのが暗い戦時下での精神的な拠り所となる。文科の学生の徴兵猶予制撤廃で、本籍の鳥取県倉吉町で徴兵検査を受けるが、肋膜炎を起こした後のため第一乙種で、入隊一年延期。川崎の勤労動員の工場で働く。	一七歳　高等学校二年からは勤労動員で亀有の工場に駆り出される（三年で終了）。
一九四五年（昭和二〇）	二二歳　三月、追分に行った日の夜に東京で大空襲があり、寮が閉鎖されたため、経堂の父の家に戻る。慶應義塾大学文学部予科を修了。四月、慶應義塾大学仏文科に進学。八月、あと少しで一年の延期が終わって入隊という時に終戦を迎える。病気療養中の佐藤朔の自宅で講義を受けるなど、モーリヤックやベルナノス等のフランスの現	一八歳　三月、東京大空襲で東京・市ヶ谷の自宅が焼け、津久井にある母の実家（離れ）に一家で疎開する。四月、東京工業大学（窯業学科）に進学。八月、東京・中野の下宿から母の実家に帰省中、終戦を迎える。この頃、ベルグソンの『時間と自由』（岩波文庫）を読み、ニヒリズムの心の闇から解放され、哲学を専攻しようと決心し、

	代カトリック文学への関心を深めていく。	東京工業大学を中退する。
一九四七年（昭和二二）	**二四歳**　一二月、「神々と神と」が神西清に認められ、「四季」に掲載される。また佐藤朔の推挙で「カトリック作家の問題」を「三田文學」に発表。翌年から、「三田文學」の同人になる。	**二〇歳**　四月　東京大学文学部西洋哲学科に進学。この年、姉悦がカトリックのサンモール修道会に入会。姉の勧めで、上智大学のデュモリン神父の「キリスト教入門講座」に出席する。
一九四八年（昭和二三）	**二五歳**　三月、慶應義塾大学仏文科を卒業。卒業論文は「ネオ・トミスムにおける詩論」。神西清の推挙で「堀辰雄論覚書」を「高原」（三、七、一〇月）に発表。松竹大船撮影所の助監督試験を受けるが不採用。五月、雑誌「カトリック・ダイジェスト」日本語版の編集を手伝う。	**二一歳**　姉が残していった小さき花のテレジア（リジューのテレーズ）の『自叙伝』を読み、テレジアの摑みえたものを自分のものにしようと決心し、三月、デュモリン神父から受洗。洗礼名は十字架のヨハネ。
一九四九年（昭和二四）	**二六歳**　前年一一月帰天の野村英夫を追悼し、一月、「モジリアニの少年」（高原）等	**二二歳**　カルメル会の男子修道会に入会を希望し、リジューのテレジアの実姉のアグ

	一九五〇年（昭和二五）
を発表。一二月、「ランボオの沈黙をめぐって——ネオ・トミスムの詩論」（「三田文學」）。	**二七歳**　六月、「誕生日の夜の回想」（「三田文學」）。六月四日、戦後最初の留学生としてフランス現代カトリック文学の研究のためフランス船マルセイエーズ号で横浜港を出航。同じ船倉で寝起きする四等船室に井上洋治がいた。七月五日、マルセイユ上陸。二か月間、ルーアンの大家族のロビンヌ家に滞在し、夫妻から我が子のように愛される。九月、リヨンに移り、カトリック大学の聴講生、また、リヨン国立大学でフランス現代カトリック文学の研究をめざす。しかし、キリスト教との距離感が深まるなかで、距離感のあるキリスト教を身近なも
ネス修道女に手紙を書く。返事を受け取り、入会への決意が固まる。	**二三歳**　三月、卒業論文「パスカルにおける認識と秩序」を書き上げ、東京大学文学部西洋哲学科を卒業。五月、詩「願い」を渡仏の前に書く。六月四日、豪華船マルセイエーズに乗り込み、横浜港を出航。中甲板にカンバスベッドを並べただけの暗い四等船室で留学に向かう遠藤周作と出会う。七月五日、マルセイユに到着。ボルドー近郊のブリュッセのカルメル修道会に入会、修道名は、十字架のフィリップ。一年四か月にわたる祈りと労働に徹する修練期間の厳しい修行のなかで、「型」を生きぬく求道への信頼を学ぶ。

	のにするというテーマを背負って小説家になろうと決心し、小説を書くための勉強に打ち込む。	
一九五一年（昭和二六）	**二八歳**　原民喜の自殺を知らせる手紙と遺書を受けとり、衝撃を受ける。八月、モーリヤックの『テレーズ・デスケルー』の舞台ランド地方を徒歩旅行し、ボルドー近郊ブリュッセ村のカルメル会修道院で修行中の井上洋治を訪ねる。九月、「フランスにおける異国の学生たち」を「群像」に発表。一一月、「赤ゲットの佛蘭西旅行」（カトリック・ダイジェスト）を連載（翌年七月まで）。一二月、血痰の出る日が続く。	**二四歳**　八月、一年の修行で疲れはてていたところに、遠藤周作の訪問を受け、正式な面会は許されていない中、僅かな時間、面談し、励ましを受ける。一〇月、有期誓願を立て、正式にカルメル会の修道士となる。南仏プロヴァンスのプッティ・カストレ修道院に移り、司祭になるための勉強が開始され、トマス哲学に基づく神学校用教科書を丸暗記させられる勉強に苦しむ。翌年、父重治の死が伝えられる。
一九五二年（昭和二七）	**二九歳**　六月、多量の血痰を吐き、九月まで、スイスとの国境近くのコンブルーの国際学生療養所で過ごす。九月下旬にリヨン	

	に戻り、喀血する。一〇月、パリの日本館に移る。一二月、検診で肺に影が見つかり、ジュルダン病院に入院。	
一九五三年（昭和二八）	三〇歳　一月、二年半の滞仏を終え、日本郵船の赤城丸で帰国の途につく。二月、父の経堂の家に戻る。帰国後一年の間は体調が回復せず。七月、処女エッセイ集『フランスの大学生』（早川書房）を出版。一二月、母郁が脳溢血で倒れ、急死する（五八歳）。臨終に間に合わず、愛着を強くもっていた母の孤独な死は後々まで影を落とす。	二六歳　一〇月、リヨン修道院に移り、リヨンのカトリック大学で中世哲学を学ぶ。この間、アンリ・ドゥ・リュバックの神学に触れ、文化のもつ重要性に目が開かれる。
一九五四年（昭和二九）	三一歳　安岡章太郎を通して「構想の会」に入り、吉行淳之介、三浦朱門等を知る。七月、最初の評論集『カトリック作家の問題』（早川書房）を出版。一一月、最初の短篇「アデンまで」を「三田文學」に発表。	二七歳　夏、ローマのカルメル会創立のインターナショナル・カレッジに移る。神学教科書を暗記する勉学に耐えきれず、一年目の終わりにフランスに帰って神学を学びたいと申し出る。

一九五五年（昭和三〇）	三二歳　七月、「白い人」により第三三回芥川賞を受賞。九月、慶應義塾大学仏文科に通う後輩の岡田順子と結婚。	二八歳　夏、リール・カトリック大学で学ぶ。東方キリスト教の神学に出会って深い心の共鳴を感じ、ウラジミール・ロースキィの『キリスト教東方の神秘思想』を読みふけり、グレゴリオス・パラマスの汎在神論《パンエンテイズム》の思想に接し、精神的な解放感を得る。
一九五六年（昭和三一）	三三歳　六月、長男誕生、芥川賞にちなんで、龍之介と命名。世田谷の松原に転居。	
一九五七年（昭和三二）	三四歳　六月、「海と毒薬」（「文學界」）を発表（八、一〇月と連載）。この作品が高い評価を得て文壇での地位を確立する。	三〇歳　イエスの福音をとらえ直して日本の人たちに伝えたいとの志をもちカルメル会を退会。一一月の初め、フランス客船「カンボジャ号」に乗りマルセイユを出航し、一一月三〇日、横浜港に帰国。
一九五八年（昭和三三）	三五歳　一月、前年末に七年半の修行を経てフランスより帰国した井上洋治の訪問を受け、日本人とキリスト教という同じテーマ	三一歳　一月、正月休みに遠藤周作宅を訪ね、日本人とキリスト教という同じ課題を背負って帰国したことを伝え、同じ課題を背負

年	遠藤周作	井上洋治
	を背負っていることを知り、共に先人のいない道を切り拓き、次世代の踏み石になろうと励ましあう。『海と毒薬』により第一二回毎日出版文化賞、第五回新潮社文学賞を受賞。年末に目黒区駒場に転居。	う遠藤から、先人のいない道を自分たちの力で開拓する、長い年月のかかる仕事だが、次世代の踏み石になれるよう、しっかりやろう、と励まされ、志を共にする。東京教区の神学生として、東京・石神井の神学校の神学科四年に編入。
一九五九年（昭和三四）	**三六歳**　三月、最初のユーモア小説「おバカさん」（朝日新聞夕刊）を連載（八月まで）。	
一九六〇年（昭和三五）	**三七歳**　三月、井上洋治のカトリック司祭叙階を祝って聖杯を贈る。肺結核再発で東大伝染病研究所附属病院に入院。一二月、慶應義塾大学病院に転院。	**三三歳**　三月、司祭叙階（東京教区）。病床の遠藤周作から聖杯《カリス》が贈られ、初ミサでは遠藤のための祈願をささげる。四月、カトリック世田谷教会に赴任。
一九六一年（昭和三六）	**三八歳**　一二月、手術死する確率の高い三度目の手術。手術は六時間にもおよび、一度は心臓が停止したが、成功する。	

一九六二年（昭和三七）	三九歳　五月、二年二か月に及ぶ入院生活から解放されて退院。	三五歳　四月、カトリック洗足教会に赴任し、二年間助任司祭。
一九六三年（昭和三八）	四〇歳　一月「わたしが・棄てた・女」（主婦の友）を連載。町田市玉川学園に転居。	三六歳　三月、一般雑誌への最初の論文「キリスト教の日本化」（「理想」）を発表。
一九六四年（昭和三九）	四一歳　四月、戯曲の取材のため、初めて長崎を旅して南山手十六番館で偶然見た踏絵が心から離れなくなる。	三七歳　カトリック学生センターである東京信濃町の真生会館に赴任。七月、「テレジアと現代日本の教会」（「世紀」）を発表。
一九六五年（昭和四〇）	四二歳　四月、書き下ろし長篇小説の取材のため、井上洋治と三浦朱門と共に長崎、島原、平戸を訪ねる。	三八歳　四月、遠藤周作が『沈黙』の執筆のため、長崎から島原半島をめぐる取材の旅に、三浦朱門とともに同行する。
一九六六年（昭和四一）	四三歳　三月、書き下ろし長篇『沈黙』（新潮社）を出版。第二回谷崎潤一郎賞を受賞。	三九歳　五月、日野市の豊田教会に赴任し、主任司祭を四年間務める。

一九七〇年（昭和四五）	四七歳　四月、矢代静一、阪田寛夫、井上洋治らと共にイエスの足跡を訪ねるイスラエル巡礼。	四三歳　四月、東京・石神井の東京カトリック神学院に赴任し、養成担当を三年間務める。遠藤に誘われ初のイスラエル巡礼。
一九七三年（昭和四八）	五〇歳　六月、書き下ろし長篇『死海のほとり』（新潮社）を、一〇月、『イエスの生涯』（新潮社）を出版。	四六歳　春、教会外の人にイエスの福音を伝える活動に従事する許可を大司教から得て、中目黒のフランシスコ会修道院に寄宿。
一九七六年（昭和五一）	五三歳　七月、『私のイエス——日本人のための聖書入門』（祥伝社）を出版。	四九歳　『日本とイエスの顔』（北洋社）を出版。四月、真生会館理事長に着任。
一九七七年（昭和五二）	五四歳　五月、兄正介、食道静脈瘤破裂で死亡（五六歳）。苦労を共にしてきた仲のよい兄弟であっただけに衝撃を受ける。	五〇歳　四月、「同伴者イエス——遠藤周作のイエス観」（「季刊 創造」）を発表。これ以降、遠藤作品の文庫本の解説なども執筆。
一九七八年（昭和五三）	五五歳　『キリストの誕生』（新潮社）を出版。	五一歳　キリスト教入門書『私の中のキリスト』（主婦の友社）を出版。

一九七九年（昭和五四）	五六歳　二月、『キリストの誕生』により第三〇回読売文学賞の評論・伝記賞を受賞。日本藝術院賞を受賞。	五二歳　対談集『ざっくばらん神父と13人』（主婦の友社）を出版。
一九八〇年（昭和五五）	五七歳　三月、上顎癌の疑いで慶應義塾大学病院に入院し蓄膿症の手術を受ける。四月、書き下ろし長篇『侍』（新潮社）を出版。『侍』により第三三回野間文芸賞を受賞。	五三歳　自伝的著書『余白の旅――思索のあと』（日本キリスト教団出版局）を出版。
一九八一年（昭和五六）	五八歳　この年、日本藝術院会員になる。高血圧と糖尿病のうえに肝臓病が悪化し、自宅で治療を続ける闘病生活が続く。	五四歳　九月、最初のエッセイ集『イエスのまなざし――日本人とキリスト教』（日本キリスト教団出版局）、『愛をみつける――新約聖書のこころ』（潮文社）を出版。
一九八二年（昭和五七）	五九歳　前年に遠山一行・慶子夫妻、井上洋治らと原宿にマンションを借りて設立した「日本キリスト教芸術センター」で、様々な専門家の話を聞く「月曜会」を始める。	五五歳　『新約聖書のイエス像』（女子パウロ会）を出版。増上寺で行われた法然上人御生誕八五〇年記念の大会で「私は法然上人にお会いしたかった」と題して講演。

一九八五年（昭和六〇）	六二歳　六月、日本ペンクラブの第一〇代会長に選任。『私の愛した小説』（「宗教と文学の谷間で」を改題。新潮社）を出版。	五八歳　最初の講演集『人はなぜ生きるか』（講談社）を出版。
一九八六年（昭和六一）	六三歳　三月、書き下ろし長篇『スキャンダル』（新潮社）を出版。	五九歳　京都知恩院の雪香殿に招かれ、講演を行った後、法然を想い、「風の家」を創めようと決心する。四月二〇日　東中野のマンションの一室を借りて「風《プネウマ》の家」を創設し、最初の主日のミサを行う。機関誌「風《プネウマ》」の季刊発行を開始。
一九八七年（昭和六二）	六四歳　二月、『死について考える——この世界から次の世界へ』（光文社）を出版。目黒区中町に転居。	六〇歳　三月、パウロの生涯と思想を辿る著書『キリストを運んだ男』（講談社）を出版。
一九八八年（昭和六三）	六五歳　六月、井上洋治神父による安岡章太郎の受洗に際して代父となる。一一月、文化功労者。	六一歳　一一月、賢治・芭蕉・西行・良寛・イエスを語る著書『まことの自分を生きる』（筑摩書房）を出版。

一九八九年（昭和六四／平成元）		六二歳　『風のなかの想い――キリスト教の文化内開花の試み』（日本キリスト教団出版局）を山根道公との共著で出版。
一九九一年（平成三）	六八歳　三月、『沈黙』映画化の件でマーティン・スコセッシ監督と会う。一一月、『人生の同伴者』（春秋社）を出版。	六四歳　一月、佐古純一郎との対談集『パウロを語る』（朝文社）を出版。
一九九二年（平成四）	六九歳　九月、腎不全と診断される。一〇月、順天堂大学病院に検査入院。一一月、退院。	六五歳　三月、「風の家」を東京・新宿区西早稲田に移転。『イエスをめぐる女性たち』（弥生書房）を出版。
一九九三年（平成五）	七〇歳　五月、順天堂大学病院に再入院。最後の純文学書き下ろし長篇『深い河《ディープ・リバー》』（講談社）を出版。	六六歳　エッセイ集『イエスへの旅』（日本キリスト教団出版局）を出版。一〇月、左目緑内障の手術。
一九九四年（平成六）	七一歳　『深い河《ディープ・リバー》』により第三五回毎日芸術賞を受賞。	六七歳　一一月、ＮＨＫラジオテキストを一冊にまとめた『福音書をよむ旅』（日本放送出版協会）を出版。

一九九五年（平成七）	七二歳　九月、脳内出血を起こして順天堂大学病院に緊急入院。一一月、文化勲章を受章。一二月、退院。	
一九九六年（平成八）	七三歳　四月、慶應義塾大学病院に腎臓病治療のため本格的に入院。九月二九日午後六時三六分、肺炎による呼吸不全により、入院先で死去。一〇月二日、聖イグナチオ教会で葬儀ミサ・告別式。ミサの弔辞は、安岡章太郎、三浦朱門、熊井啓。別れの献花のために並んだ参列者は四千人に及ぶ。	六九歳　「風の家」一〇周年記念講演。九月、『イエスに魅せられた男——ペトロの生涯』（日本キリスト教団出版局）を出版。九月二九日、遠藤周作帰天（享年七三歳）、四谷の聖イグナチオ教会で一〇月一日に通夜、二日に葬儀ミサ・告別式が行われ、司式、説教を担う。
一九九七年（平成九）		七〇歳　一〇月、最初の詩集『風の薫り』（聖母の騎士社）を出版。
一九九九年（平成一一）	四月、『遠藤周作文学全集』（全一五巻）を新潮社より刊行開始（翌年七月に完結）。	七二歳　一月、安岡章太郎との対話『我等なぜキリスト教徒となりし乎』（光文社）を出版。五月、けやきの枝と戯れる風の音

		を聞いていた時、「南無アッバ」という祈りが口をついて出る。
二〇〇〇年（平成一二）	五月、遠藤周作文学館が長崎県外海町（現・長崎市東出津町）の夕陽が丘に開館。	**七三歳** 第二詩集『南無アッバ』（聖母の騎士社）を出版。
二〇〇一年（平成一三）		**七四歳** 二月、『法然——イエスの面影をしのばせる人』（筑摩書房）を出版。
二〇〇三年（平成一五）		**七六歳** 『南無の心に生きる』（筑摩書房）を出版。
二〇〇四年（平成一六）		**七七歳** 第三詩集『アッバ讃美』（聖母の騎士社）を出版。
二〇〇五年（平成一七）		**七八歳** 『わが師イエスの生涯』（日本キリスト教団出版局）を出版。
二〇〇六年（平成一八）	五月、没後一〇年を記念し、長崎の国宝・大浦天主堂にて「遠藤周作とすべての切支	**七九歳** 「南無アッバ」の「お守り札」の配布を始める。

	丹のためのミサ」を行う。九月、『落第坊主を愛した母』（海竜社）を出版。	
二〇〇八年（平成二〇）		八一歳　七月、説教集『イエスの福音にたたずむ』（日本キリスト教団出版局）を出版。
二〇一〇年（平成二二）		八三歳　一〇月一六日、井上神父による最後の「風の家」の「南無アッバ」のミサ、約四百人が参加。一一月、東京大司教館の隣に建てられたペトロの家に移る。
二〇一一年（平成二三）		八四歳　五月、武蔵野の高齢者施設に移る。
二〇一二年（平成二四）		八五歳　五月、「風の家」二六周年・南無アッバの集いで語った近況の講話が公の場での最後の言葉となる。
二〇一四年（平成二六）		八六歳　三月七日、早朝に激しい頭痛と高熱のため救急車で病院に運ばれ、途中で意

識が遠のく。三月八日、午後一時一〇分、脳出血により東京・西東京市の病院にて帰天（享年八六歳）。一八日、午後一時より葬儀ミサ・告別式。約五百人が参列し、東京カテドラル聖マリア大聖堂が一杯となる。

＊本書は、「遠藤周作と井上洋治――魂の故郷へと帰る旅」の題で「三田文學」（二〇〇六年87号～二〇〇七年91号）に連載し、後に「風」（76～82号）に加筆して転載した原稿に、さらに補正、加筆し、新たな書き下ろしと年譜を加えたものである。写真については、主に著者が保管している井上洋治神父の遺品のアルバム等から使用して、遠藤周作文学館（20頁）と軽井沢高原文庫（9、55頁）にもご提供いただいた。『井上洋治著作選集』に続いて本書の出版においても、日本キリスト教団出版局のスタッフの皆さんには大変なご尽力をいただいた。また、本文校正等では東京大学大学院生の山根息吹に協力してもらった。こうした方々のご協力に改めて心より感謝申し上げたい

著者　山根道公（やまね・みちひろ）

1960年、岡山県に生まれる。早稲田大学第一文学部卒業、立教大学大学院修了。文学博士。ノートルダム清心女子大学キリスト教文化研究所教授。『遠藤周作文学全集』全15巻解題及び年譜、『井上洋治著作選集』全11巻の編者及び解題を担当。

主著『風のなかの想い――キリスト教の文化内開花の試み』（共著）、『遠藤周作――その人生と「沈黙」の真実』（日本キリスト教文学会奨励賞受賞）、『遠藤周作「深い河」を読む――マザー・テレサ、宮沢賢治と響きあう世界』ほか。

1986年より井上洋治神父とともに「風の家」運動を行い、現在もその機関誌「風（プネウマ）」を発行する風編集室（https://www.kazehensyuusitu.jp）代表。

遠藤周作と井上洋治
日本に根づくキリスト教を求めた同志

2019年　7月25日　初版発行
2019年10月　5日　再版発行

発行…………　日本キリスト教団出版局
〒169-0051　東京都新宿区西早稲田2-3-18
電話・営業03（3204）0422、編集03（3204）0424
http://bp-uccj.jp
印刷・製本…　精興社
ISBN 978-4-8184-1040-4　C0016
Printed in Japan